遥远的驯鹰人

● 杨钊 著

新疆生产建设兵团出版社

图书在版编目(CIP)数据

遥远的驯鹰人 / 杨钊著. -- 五家渠：新疆生产建设兵团出版社, 2019.12(2024.4重印)

(绿洲文库)

ISBN 978-7-5574-1380-4

Ⅰ.①遥… Ⅱ.①杨… Ⅲ.①诗集—中国—当代Ⅳ.①I227

中国版本图书馆CIP数据核字(2020)第125539号

遥远的驯鹰人

出版发行	新疆生产建设兵团出版社
地　　址	新疆五家渠市迎宾路619号
邮　　编	831300
电　　话	0994—5677185
发　　行	0994—5677116
传　　真	0994—5677519
印　　刷	永清县晔盛亚胶印有限公司
开　　本	32开
印　　张	7.375
字　　数	180千字
版　　次	2019年12月第1版
印　　次	2024年4月第2次印刷
书　　号	ISBN 978-7-5574-1380-4
定　　价	58.00元

目　录

第一辑　新疆雪初

003　　新疆雪初

005　　路过草滩

006　　小白蛇

008　　隐忍者

010　　脊　梁

012　　黄　昏

013　　在雪原的歌声里恪守温暖

014　　我几近遗失于春天的声息

015　　桥是古镇的眼睛

017　　套在白昼黑笼里的新娘

018　　铂月低悬（之一）

019　　铂月低悬（之二）

020　　月色海潮

022　　甘为你的客串

024　　内流河·三月·雪原

026　　冬日某下午与茶为伴

028　　笑噙嘴角

029　芦荟颂
031　归去来时
033　欢乐颂
034　麦地和父亲
036　完成救赎

第二辑　在这所被称作时间的房子里

041　芳　邻
042　为幸福敞开的垂念
043　夜　歌
045　尘　逝
047　写　作
048　山雀啼鸣
050　玉壶冰心
052　存　在
053　雅玛里克山之春
054　老　屋
055　说再见
056　弃
058　在这所被称作时间的房子里
059　放心吧
060　身处幸福不曾察觉
061　解与告别
062　花事词
063　棉花地
064　阿都克阿勒迪村
065　在乌鲁木齐的天空下

066 相看两不厌

068 筑路工小记

069 驯鹰人

071 绣　娘

072 薄　颜

073 手推车

075 我们的汗手仿佛紧握一处

076 幽篁吟

078 塞下曲（之一）

080 塞下曲（之二）

082 尤　物

083 献给奇加盈的歌

085 给曹雪芹

087 秋雨辞

089 秋晨颂

091 坡　地

第三辑　爱的行装

095 遇　见

097 曾侯乙和他的编钟

099 历史课

101 灵魂乐

103 城里的土豆花

105 飞　行

107 陶

108 痕

109 角　色

110　探望患者

111　重读一座城池

112　比　较

113　博物馆

115　快感,迅速而强烈

116　1846年的梭罗

118　阿克塔斯岩画

120　为什么寻找?

122　见　证

123　过程,终点

124　未改变的

125　在药巷

126　初

128　彼岸的触动

130　龙　猫

132　路

134　绻

135　人之声学原理

136　欢迎回家

第四辑　酒　歌

141　彗　星

142　桃　夭

144　蒙面人

146　玉雕白羊

148　塬上清梦

150　乌　鸦

152　酒　歌
154　亲吻游戏
156　翻过寂静的山岭
158　不再回应
159　边　界
160　绝对的平衡
161　"惟惕惟厉"
162　迷　离
164　最后的樱花
165　沉睡的探戈
167　宿醉之念
169　与艾米同游归元寺
170　在青湖等你
172　给艾米的醉歌
173　箴　言
175　王的女人

第五辑　诗的哺养

179　走进药巷
180　水之谣
182　闲　居
184　用香烟替代奶油女人传
186　为药巷一位环卫工人而作
188　诗的哺养
189　习见之年
190　只有香如故
191　晒太阳

192	退潮前夕
193	被删去的
195	红灯笼
196	渊　源
197	因为爱的告白
198	社　戏
199	凝视之后
200	选择与承受
202	极简的——
203	守夜人
204	再见福克纳
206	看到乐队老师说他已剪去长发,女友娜娜也刚做了妈妈
208	雪霁一刻
209	白色拉环
210	谁来管束我们?
212	赶　路
213	胆小的
214	抱着你的肩,像一次回家
215	过　河
217	已知的虚构
219	语　境
220	用奶油替代香烟男人传
221	发　现
222	开　山
227	在一切事实面前
228	流放地

第一辑
新疆雪初

新疆雪初

漫山遍野一片片洁白花朵鹅毛般醒了
静静铺天盖地而来
可以想象得到吗？
最西北边陲位居亚洲核心的中国边陲
没有春天没有秋季
那些温暖中从来没有云雨没有美丽的地方
……

可以想象得到吗？
云雨很少莅临的夏季
那么多茫茫的云之花朵静静开得妖娆灿烂的一个地方
……

好雪啊
大地祥和四周弥漫愉悦气息洁白一片
那么多寂寞着带有天堂气息的洁净花瓣
静静醒了开了去了来了
曾经云做的情人嘛

静静掩盖夜晚
掩盖运动与突兀
掩盖有色彩的事物静静无痕

可以想象得到吗？
掩盖了你的头发睫毛鼻子嘴唇
掩盖了你黑色斗篷的整个你
然后从从容容掩盖一切的一切
静静留下霓虹留下万家灯火
就像远山的眼睛无声无息眨呀眨的……
无
声
无
息

路过草滩

路过黑色砧板一样的草滩
黄塬上惯有的滂沱雨水
农家孩子随父亲和耕牛在雨幕中奔跑
呼喊。年轻的犁铧锋芒毕露
安憩在天空肩头

有谁见过暮合下村舍
快乐人群进进出出,旧钟在壁上继续旧着
当我看了一眼最后的日头,我说
"结籽的谷草挨个儿堆满栅栏"

微闭双目,紫燕在禾场上空叫得正欢

小白蛇

农夫们的
细银链子小白蛇
在麦芒上飞舞……

烈日杲杲
细银链子小白蛇
淬取阳光熠熠闪烁
银火花嚆　不可碰触
……

田畴馥郁
麦穗们慵懒的玉体
被挥舞的刀镰
轻轻摺倒……

长到六岁的农家孩子和麦子一样高
赤脚踩着炙热而粗糙的土地
爱抚洁白的羔羊啃嚼茬地里青草
……

父母细银链似的小白蛇
始终在麦芒上欢快飞舞……
鸣蝉声嘶力竭地聒噪

赤脚好儿子
一手撒脱尼龙绳
追逐小白蛇
纵身跃下一道田埂
不见了……

麦浪始终　高起低伏
细银链子小白蛇
在麦芒上
多么忘情地飞舞呵……

隐忍者

现在让我们回到星光辉映的一角
向暗处转身,回到林地
摘一片绿叶含在嘴里
又一次用自由走动的脉络把静谧延伸
这是适合祈祷的晕眩嘛我想知道
从头到脚,我被曼妙的乐韵打湿
且听到低吟的亮色
原初、简约、搁置了那么多欲望

连最孤独的细节,也未说出
还有指向过去的否定　我同意把遭遇
分辨不出暗疾和擦痕　徒增烦恼
偶尔紧紧挤压在赞美设置的小匣子里

而我注定被影子超越　选择
他所依恋的行为举止　信心不够
整日穿过城市和人群
比机器和核心发动机的转换过程更为精准

是时候了,多年前深埋心底的秘密投影
正一幕一幕　于灵魂白布上演
关于真实　美　完整和向内的沉思
是否泄露了自我　叙述存在价值
那么,我渴望骨架悄悄裂变
镀金　远离瘪丑的皮囊
并让一片林地淘净　代表天空、雨水

是时候了,我坐在这片清澈澄明的林地
留下泪和嘴巴的空房子
林地以外的光芒
也被幸福地洞穿和收藏

脊 梁

那些辽阔的沙海在地平线之外沉睡
那些等待烧荒的火焰将点燃乡野
我的先辈学着怎样雕刻荒漠,却不开口说话
青铜浇铸的脊梁蜿蜒向北,大风吹霜
惊醒被西伯利亚寒潮冻僵的刨冰熊

透过幕帘是秋日结满银子的胡杨林
清冽干燥,仍忠贞不渝守护在棉田周围
那些莽撞的沙尘暴一座座掉落陷阱
因此,在去拜谒英雄们戍边丰碑的路上
我必须默诵这撒播星月的犁铧,及
一些相关铭载史册的经文

(……得以看见老宅久置的烟囱悲苦
看见简简单单的犁杖
看见鱼骨石斧和木箭,同样简简单单
看见鹰隼成群、狐兔奔走
看见花朵或碑碣、看见初民篝火,闪瞬而过……)

驼铃:我们倚坐执着于方向的姿态
微微涌入黎明根系
开出汉白玉之花。魂灵做成的火炬
盛满热血。谁将金质的号角吹响

澹远的天山赋予谷种神秘光芒
阿勒泰白桦俯身——轻易湮没去冬蕴藏的残泪
伊犁河水酿造出雪域美酒四季飘香

丰碑呵,光明和梦想的追随者
隐涵了最深沉的豪情、福祉和无法修饰

黄 昏

日头渐渐偏西,附上了古堡的脊背
牧羊人独坐箭垛的废墟,无语沉吟

长久地静默着,牧羊人
长久地独对风沙
冥想

……深一脚浅一脚
行者踽踽来到他的眼前
又走远……

牧羊人寂然无语
注视一只羊儿尘土飞扬的身影
此时他的想法有多简单
牙碜　此时羊们的嘴里含满了沙子

在雪原的歌声里恪守温暖

枣林。那些蕴蓄了绿色光芒的
隐匿在雪原的
追随残冬身后的踏歌

它们时隐时现
被尽情卸下寒风夹裹的辎重
履态轻盈

它们迎我招展善舞的翅羽
经由季节脉络
恪守内心最初久违的温暖

枣林里,冰凌花的肢体碎成一个个颤音
谁穆然于新声中仰视
最荣耀的威仪
一步步君临盛宴?

我几近遗失于春天的声息

我几近遗失于春天的声息
没有幻象　没有颓势的酣梦
借趁令人振省的琴音,我几近遗失于
绿树荫绕繁花夹堤的时光河岸……

呵,此刻我喊醒的谣曲,它是否可以
属于某个并不陌生的夜晚
比之草莓上的露珠更晶莹
更亮在无际黑暗的中心

这日子弥足珍罕的骊玑
使我在雪虐封山之前
就倾慕于通往春神城堡的旧址
必然是因为
被另一些秘密思想之舞所弇蔽
极具美好声息的晨景

桥是古镇的眼睛

1

月光倾城
横舟无楫
浸浴虹影里的周庄
仿佛置身一滴巨大的琥珀

2

屏息静听弥散生殖霏沫的游鱼冷了鳞鳍
摇摆他们古典韵味十足的尾
以大把水草为弦
弹奏出淙淙琴鸣

3

门虚掩
一扇雕花格的木窗
筛漏昏黄灯影
桥楼内的人,已枕着渐远的欸乃桨声
熟睡了九百多个年头

4

街渠幽深、舒缓
"周庄因水成路"
始终只容得下小船轻摇
背负丝绸、印花布

5

桥　水乡的骨骼
古镇的眼睛
睁着、闭着
她都能颖脱时光
洞察一切

套在白昼黑笼里的新娘

要说出一生中少有的时光
要慢行,真正置身于瞬间的眩晕
知道　哪怕给予针尖大小的蜜
也要做一块清澈感恩的石头

那是什么样的眼神？羞矜　轻柔
凌乱的步子穿过喷溅音乐的水珠
罗袜濡洇　湿浅裙裾
你知道了　夜露匆匆一双紫色的玉足奔走——
该有多好！

雾更低,青苔软泥,慌张的踢踏
一缕夕光投递到这边来淋雨
我敏捷地抱起,就会借在雨露前头吻你的发丝

奄奄一息。夜晚这位套在白昼黑笼里的新娘
我要是赶在她的身前摘采一颗露珠
或露珠蚌合体内的紫色心
就该有多好呵！

铂月低悬(之一)

春的讯息的确莅临
粉红蓓蕾欲将绽放

夜晚切肤的静谧,打宽阔的街道漫涌而过
踩着白石子、青石子
清越。哑然。

不相信花朵破茧的声音
你肩头的幸福被她听见

呵,铂月低悬
仿佛爱神悲悯而轻柔地呼喊

就在四月十一日,她不经意地提醒
使你回归最初,多年以前的历史岸头
而心愿已在春泥里悄悄萌发

祝福:无语割舍清晨的第一缕阳光
也聆听到了,你们轻柔的呼喊

铂月低悬（之二）

那晚在操场上的漫步
让我们感觉月亮很大，
它似乎只为彻映
我们心中不眠的丛林，
在记忆中呼吸并战栗，
在那场万物复醒的追逐游戏之后。

当我像走近月桂树一样走近你，
北风呼啸着鸟儿劲飞的剪影；
当雾散去在街灯初升的迷眩里，
你正试图去忘记一个人。

脚下是铺满煤渣的冰封之地，
我们紧挽着手，
走在涂满深蓝的旋涡中。
我们听得见，
故乡河面解冻的声音。
携手奔向身后不真实的林岸。

月色海潮

东公园那排郁郁葱葱的白桦
是切割城市夜幕的锋利屏障

七月,相爱的人们拥抱着侧卧在草坡上
便听到了,仲夏的虫鸣
市区机动车辆的嘈杂,也海潮般
涌入这里……

……倍觉安宁
不属于我的
他们喧嚣着从我体内——迁徙
而此刻
我至少是盏晶莹剔透的玉质酒杯
至少
万物的心声静得滴水……

夜幕森森。在东公园绿茵如梦的小山坡上
紧捂胸口

有那么一个时候
我隐约看见了返照在自己体内
清澈的水汪汪的
月亮

甘为你的客串

镜中虚像,镜中人;内心的光晕
掩抑不住那些悲伤的经历,膨胀的界限消隐
在模糊的脸谱,剑削
因为灰尘,每一粒
我们将用一枚虚词染指
背对深渊的方向滑落
去年泪水。你说,女为悦己者容……
不得不感谢西伯利亚寒潮的轮回
小城有千树万树布满气候的霜迹
也有霰粒雾沫轻沾
画上了你晶亮的眉睫
于是定格在光线荒芜的霓虹和　霓虹下
宽阔的路街。但目光是否在杨树的
躯干和残叶上做了短暂停留
我们拥有等待第一场雪的默契
是否,还有相逢的欣喜撩拨
"那种让比喻找不着北的眼神"
"镶嵌在暗红天鹅绒上的银币"

藏着冬后恰适好处的凌乱
冰释镜中人,脸谱僵硬的边缘
我们的不安看上去显得憔悴
在与生活的对峙中,将最初的承诺孤注一掷
除非,忘记行走在时间序列
更需要远离自由的庇护,一种寂静环绕
一种傍晚的厚实接纳同样叫作自由的呼吸、心跳
数劫难逃的缘运……
莒,在生活中,我甘为你的客串
甚至于配角

内流河·三月·雪原

阳光雪原
鹰鹫一线

内流河
拍打岩崖坚如磐石
在你赤裸的躯体上涂抹氯盐
水露在阳光下闪耀

运送时间他们绝对避免重复
不能预知尽头他们向着纵深迈进
哦,内流河,请告诉我这是怎样的忍力?

——我是荒漠雪原里独有的地理景观
饱渍盐碱和苦楚,失却了自然而然
——对于芳菲的堤岸,青春或喧哗
我以灰烬(方式是越来越少)
奔到戈壁

那么内流河,请告诉我你的果敢坚毅?
——哦,让我远离大海的浩瀚而流向虚无
让我怀忆起花朵身骨上唇形的伤口
也将从春天开始痊愈

冬日某下午与茶为伴

不可能再式微了
她已被攫尽所有绿
柔美的味韵从容打开
羞矜的肢体幸福沦落杯底
她手提裙裾
踩着沸点舞过多时——

不可能式或者微
也就是说不可能绿肥或红瘦
去年今日此门中,人面桃花相映红
她挂在枝梢无忧无虑晒太阳
晴光那么和煦惠风又那么温柔
一片粉白花瓣
悄悄栖落她身上
金口含盐霜

因此就不可能再式微了
那些戴黑丝穗帽子的

律令侍者,冗繁无计的灵台
从时空浩茫到一声叹息
从广漠到纤缕
我指的是一枚叶茗

笑噙嘴角

声音的丝线在话筒里游走
我这样说,还记起安静的夜里
声音细若游丝的你躺在我身边的
吴侬软语,燕子般呢喃

此刻我们坐在光线充满了睡意的房间
我坐着,看你自语般地说笑
就有瞬时,你可爱的笑噙在嘴角
那么温柔那么幸福
让我的心头莫名一颤

"从一开始,感觉可能是一场
很深的姻缘"
我得用我毕生的心血湮没你的笑容
与幸福

芦荟颂

在芦荟花盆底下
堆积了一层蠓虫的尸体
妻子说　应该叫蠛虫
我听成了"腻虫"
它们很小　可以称得上微小了
它们的尸体
陈列在大理石窗台上
如同黑色粉末
它们生自培养芦荟的黑土
不知不觉萌发而出
围着芦荟飞动　有时攀附其上
绵延迤逦累至屋内各个角落
它们似乎不以芦荟为食
芦荟也并未谋杀它们
从出生以来
它们的死亡就在加剧
芦荟见证了这一事实
如果不是芦荟的指引

我不会了解到蠛虫们的生死
不是蠛虫地飞舞攀爬
我就不能较好地选择一个开首
述说眼前这盆芦荟
它
"就像簇生的绿色火炬
在冬日里
暖和蠛虫们绝望的心"

归去来时

时间有时是一群羊
我赶着时间就像驱赶
一群没头没脑的羊儿
我把它们从乡村赶往城市
从城市赶往更大的城市
手头的羊
总显得不够用
或者赶羊的皮鞭甩得不够响亮
再或者羊走过的路
过于漫长　又走得过于迟缓
等我从那繁华的城市折回
羊再也不用驱赶了
它们似乎簇拥着我
不知不觉进入了梦乡
我忘记了我的羊
躲进白色的睡梦
看见落雪的羊圈
迎来一片羊叫声　惊醒了我

疑惑几乎同时占据我的幻想：
羊群去了哪里
怎么消失得无影无踪
他们藏进了我的睡梦
成为它的一部分
直到惊醒我
这时我才想起我的羊
而时间突然变得很短
短得就像兔子的尾巴
倏忽溜去不觉见……

欢乐颂

他们每个人都注意到了
那个轻柔灵巧的存在
透明的意绪四处游离

谁会留意处境的异彩呢
镁光灯将它那里装扮得鲜亮
或许还有一些绿植物衬托节日

——意味着局促
意味着闪瞬而逝
它获得了自由的间隔
在那里无限得甚至没有
转身、飘徊的影子

他们偶尔要提及它
就像饮下一杯醉人的酒
这期间会有人托辞离开
但整个相聚的夜里
没有人真正独自截获它

麦地和父亲

白杨树、麦地和父亲
还有淅淅沥沥的小雨……
但是那雨下在了
旧历的六月

一切来得太晚
稀疏的麦地
似患了重症的病人
显露他的羸弱和瘠瘦
让人揪心地痛。
雨是迟雨,
让麦穗和秸秆更加焦黄
让父亲和我的内心
发瘪

白杨树丧失往昔健康的肤色
成群结队的蜻蜓们
再也不会在绿叶和枝梢间

飞停盘桓。树木没有荫凉
风划过时也不会留下
显著的痕迹
父亲的眉头紧锁
我跟在父亲的身边
惶惑、不安,注视那瘠薄麦地不发一语
任由小雨淋在头发和身上
父亲也是一样,他没有了往年
捧麦穗在手心的欢快
更多只在内心叹息

麦田四周的白杨树静静注视我们
雨水淅淅沥沥滴落
父亲和我并排站立
为我们那不堪焦渴的麦子
为劳累的荒时暴月
为那些把父亲和我的情感紧紧联结在一起
黄色的苦难的有关土地的记忆
为我们的村子在不远处
充满慈爱地,静静注视这一切的深眷……

完成救赎

一片叶
从树梢落下来

一片叶
在一夜之间
悄无声息
从树梢落下来

一片叶
倾尽生命的绿
仿佛在一夜之间
从树梢落下来
周围的世界
悄无声息

一片叶
浴过鸟鸣、雨露和阳光
然后在一夜之间

倾尽生命的绿
从树梢落下
回归泥土的旅行

是
多么动人的历程

第二辑 在这所被称作时间的房子里

芳 邻

院落里桃花初开
古道春雨浥轻尘
那湿重的泥土
透露阵阵馥郁之气

为幸福敞开的垂念

桌上,一件精美的陶瓶伫立,
一个男人停在它的对面观赏,
女人从背后紧挨了上来。
她握起他的手,
"你觉得怎么样"她问道
"涡流——喧响似乎距我们很近。"
女人这时放肆地笑着,
男人闭上眼,房间里忽然变得幽暗。
在这之前,滑动的门半开半阖,
蝉鸣,洋槐花的香气,
一阵低沉的骚动攫取他们肉身。
他不小心打翻了调色板,
经由谁的手摆放这里,
法令纹,蓝的绿的油彩,
如实这般描绘,穿插前尘今世的寻常底色。
他扭过头来,努力辨出了那笑容的潜台词。
他们只需一个眼神即可会意的乐趣,
搁在头顶的玻璃柜中,
像风暴敛在翅上,渐至灯光暖白。

夜 歌

起身,离开那把椅子,
你走到窗前,想呼吸一些新鲜空气。
乘着夜风,雨的微凉手指
不时叩在脸上,
述说了一个故事很好的开头。

那时,婴孩还未完全认识眼前世界,
祖父陌生,用轻拍
安抚即将到来的睡梦。
你们从未真正谋面,
他就因一场疾病
暂时地离开了,而这竟成为永诀。

夜,雨……还在继续
总适合唤醒一些住进记忆的往事。
这片瓦房也保留了前朝气息,
在一棵古榆的俯身环抱里。

年前,某个下午。
迎小寺沟而上,站在东山顶,
朝那些鸡犬相闻的人事、可爱庄园,
充满了砂质的生活,
行走而喧腾的乡音,
学着妻的样子投以最初一瞥。

尘 逝

我们计划在城中建起一所
往事采集站。女政务官就端坐在
阳光透明的办事窗口。
你来了,报上自己的身份。
女政务官扭头端详了几秒,
似乎在记忆深处打捞出了什么,
但没有拍脑袋,
所以那一定不是水藻。
愧啊,多么歉疚。
有些往事,并不适合反复提及。
就像落在远处的雪和尘埃,
我们希望,它被埋得越深越好,
在春日里消融得片缕无存。
我们不愿提及,
但这是她的职责。
已经有多少这样的记忆,
像灰尘落满我们往昔的生活,
一些被不停擦亮,

另一些变成了死寂冻原。
但我们还是忍不住练习,
成为可爱人群的有益部分。

写 作

为了寻找我们的呼吸,并且
像个有洁癖的医生去照护她。

时常地,身体像口盛满井水的缸。
臃陈。滞重。渴望有缕晴光
给予探访。还记得墙苔立根

簇生的枯棘叶吗,还记得
乌鸦落在其上泅血的眼吗?

这两种反方向的选择和径狭之路。
一种是放开窗子让流星燃烧坠落。
另一种带着不易察觉的未卜戒心。

山雀啼鸣

你不用去看见,也知道它来了。
像洒下一阵清脆的针雨,锲入
春的腹心。
你不用去看见,它就在故乡的椿树上,
腾挪跳跃,像你的影子行动在对立面。

是的,那是另一次
你的律动,
另一个形式你的语气或神情。
它就在树间呼应你,至少
还有数秒的对视与不信赖。

将春的气息
像一个泡沫吹向地面,
沉寂的池塘微澜泛起。
是什么消失又涌现,
像它的短暂而来去无踪的繁育。

你扬起脑袋查寻
它充满喜悦的歌鸣,
这样才能融进午后巨大的沉默。
神秘,纤弱。你无法确信
它怎么看你,而深知此刻
就坐在故乡的清风中。

玉壶冰心

电影院像握起的冰凉双手,
那部喜剧缭绕一种烟草的沉香。

其实观众们刚从一场睡眠醒来,
他们用力探究周末的意义。

那种充满了喜气的红,类似于瓶塞
在摇晃,让热度缓慢洇上额头。

五十四件桌椅,或者更少。
她站立讲台边,开始作矜持的动员。

不管别人虚与委蛇,
在你心里已默许下久随的呼应。

她的嘴角线条分明,
冷天呵气,数落细小的汗毛。

如今她坐在这场喜剧中了,
你们历经咫尺天涯。

多像一个毫无掩饰的孩子,
小小的礼物为人们送去好运。

存 在

你始终看见它的外墙,像黑色报纸。
在它的敞开的天窗,积雪落下来,
试着保持完整的堤岸形状,
又留存了人工编纂的痕迹。

他们收获粮食和财物,暄软的肉体
仿佛正被什么一点点消耗掉。
那不是在铁器表面长出芽叶。
——他们源于籽实的光泽,向各个方位绽开。

它的底基同样保持唯一的亮白,
相顾它通体的幽黑来说,获得某种平衡。
此刻它立足于无边的岩石群岛,
假使用一双手去改变,无疑可作时间的例证。

曾经,当我们涌入城市的大厅间,
孩子们的目光将会首先被它吸引。
犹如端在掌上的心爱奖品,
一粒粒被捡起来,等待喂养头脑和仍在归途的物景。

雅玛里克山之春

早春，那儿有几株野桃树和枯黄的蓬蒿，
山石裸露，刻着残存的苔痕。一种微苦
在空气中传递，夹杂着躁动。
翻越寂静的山岭，她指向不远处，
我们可分享的，都隐含在了这些适当的晨光中。
在沿途的进退时刻，
他们挽手并行、追逐、俯冲，
这归宿就是让你去叩拜。
他们探访遗迹，小动物们
在城堡中彼此相爱。
在坡地上，两排护栏
和一条青色石阶是走过马夫的。
你可能不会相信，她说
那儿有一种小精灵至今充塞着民间故事。

老 屋

井沿,三脚架,顺着辘轳跳进水里的桶,
那个从苦的蜜中长大的孩子,
走进了桑榆的荫蔽和虚静里,
他在内心默默喊道:这是我未来的宿地。
汲水,打开窗让虎皮兰洒满阳光,
是轮辔滑过土地的脆声,即将出耕,
围拢着他们庄园的幸福一角,
那是一个连接的纽带,父亲和儿子们。
他用铅笔认真刻画檐廊间紫燕的窝。
须臾之后他的遐思定睛在瓷器的釉面,
这是父亲的宅子,这是我的新居,
他要说出共同的现实性,偎着青峰涧壑,
守护荒山果园,化作无虞的杜鹃啼哢。
春去秋来,记忆始终弥散幽幽的檀香。
午后,归返,让风装满他的氅子,
一个绝美的身影兀自迎向莽莽雪原。

说再见

因为,你的身体是一粒饮过水的种子,
现在到了该说离开的时候。
那个黑屋子般的谷壳十分安妥,
安全里载着隐隐的痛,或者刺的梗塞。
那时候,记忆是一座空城堡,
你的目光一次次停留,摩挲熟悉的地名,
阅读故人岩石般沉静的面孔。另一天,
你可以裁制一个崭新的场景:
清亮的日光,为一棵椴树覆上蜡质层,
降落在广场和喷泉边的鸽群;
不舍昼夜流去的滨河,借用童真之眼察看
水面上漾起一圈圈波澜,在那褶皱里
抓取光阴的具体意味。此间沉思者,
注视远途擦肩而过的风物,戈壁苍茫
列车变换鼓手的节奏。向晚那会儿
遗落的烽燧将独自叩窗告别边地。

弃

当你说出这个词,
它失去了本来的意义,
你的认知如桨,
点开湖心层层散尽的波光。
那杯中之泪
是如何盛放在一起的?
它从欢乐的氛围中提纯,
并且没有痕迹。

直到它越聚越多,
你才看清走过的路。
从地面上,
从半空——攀上梯子,
金兽炉中灰尘被擦拭,
干净得像映照虚无的镜子。

这次,你决定让它
从传说中亲自走出来,

当你的头脑左右环顾,恶作剧
像孩子般跟你做起了躲闪游戏,
它会惊奇地大笑,
捻一只枯死的飞蛾。

那杯中泪真的是源于
充满油烟味的微末之躯?
你们像碗筷摆在一起,
欢笑,争吵,继续新的生活,
它沉默着安置在高处,
等你坚持不了那臃陈的蜕,
终于画去了日历中的某个数字。

在这所被称作时间的房子里

你不知道有多少明天可供拆解。
像一只只具体的飞虫升起,
在白天,在夜晚,你说不出
它们是怎么挤进这里,为了避开
无数严冬的围困,在曾经温和的午后进来。
命运的主人,却是一位临行的旅客,
他不失时机地察觉了这一切,
当它挥起有力的翅膀,
选择的方向多么准确,又快又稳,
那是致命的触碰,骨骼连着骨骼,血雨破碎,
因为那是青春的尘屑
飞得低微、迟缓,
像路灯下骑自行车的少女
越过柏树丛,在你的面前微笑驻足。

放心吧

她取出耳机线,
她把小铝匙,
在咖啡里画出一道道
心的形状。
她抓住了阳光。
一辆巴士驶过街心花园,
转瞬驶离。旧曲子在记忆里安妥
泛黄。爱即是快乐,
她告诉她的心。
爱是平静。
她走入城中。蔚蓝的街道
一如风雨后的彩虹。
如果她移动困倦的影子,
夏天将顺着悦人的漩涡流去。

身处幸福不曾察觉

如果报以不经意一瞥,
我们习惯将时日挥霍所剩无多,
美神,平静地坐在我们左右。
就像我们各自占用一份生命,
这让作为整体的记忆,
减少了相应的一部分动容。
当我们透过爱人的眉心
重新辨认那丝留存的天真,
我们发现一切都不曾改变。
在这场漫长的迁徙和聚离中,
谁拥有了解答岁月之谜的权力。
不,尽管在你装饰新奇的小站
备受等待一季热忱的煎熬,
但低倾的暮空涌动节日的气氛,
归宿的方向也离你越来越近。
现在唯一诡异的是,
你认为在所有的荣誉中,
都不曾呈现你想看到的纪念时刻。

解与告别

一个人对着晚风打电话,用
旧式的按键手机,老地方,
油脏的棉裤焐热了木条凳。
风越冷,他的嗓门就越大,
似乎没有商量的余地。
也算得上讲演实录,听众们
藏在风的后面,看不见的某处,
他拥有久已失传的方言。
阳光比雪稀薄一些,
这个季节,每隔几秒就有枝叶状
物体剥离、坠落。他的心愿相应地
一点点开始淤积,他拢了拢棉帽,
露出倔强的牙缝,像黄昏一样宽疏。
人们知道他会夹着手袋经过天桥,
能借一点微光,他的要求也会更加
湿润。彼此擦肩,突然想起了什么,
他们努力去辨认,那眼神怎么解释,
仿佛复写一份过期的文件。

花事词

手捧那束玫瑰,它要比野蒺藜轻巧。
在旋梯栈道中,丰腴的牡丹围拢过来
朝向你的背篓,化身为棕褐色的猫。
它的天真呈现出不愉快的呼叫。
一枝海棠压倒秋风,始终陪伴在侧,
面前是耸立的断壁,它从背篓跳至
凸露的石脊上。它们假装未曾留意
却涌向你的身后,继续奔向光亮的入口,
那黑芍药将为你腾开一条小路,
楼阁顶,禁锢沙沙的清扫声。

棉花地

如果有阳光,这些幸福的植物就会沉浸在暄白中,
而更多花的名字仍未被擦亮。这个名字,
一直怀疑和解构着娇艳的同类。或者,相应地,
整个季节,气色逐渐转冷,
在广袤的南疆大地上,
在群芳凋零和九月菊不舍顾盼的麦盖提,
棉田盛开在簇新的温暖中,
仿佛迟到的雪原烘托在浩荡春汛中,
听任自身的热烈心跳,
面朝记忆开启征途,一无所住地
再次走向绿洲,走进轮回。

阿都克阿勒迪村

黑面孔,雪白的棉花地,
这样的日子你并不陌生。
在乡间漫步,夜的中心清亮而寒冷,
巡逻的义工取来胡杨树根
用它烤火。在麦西来甫曲调的末梢
溅起星星的烟火舞姿。
于是铺一张羊毛制的花毡,
守夜人席地而坐,
他们三两人构成社会一角,
如此才不乏交谈的意义。
电动摩托车是移动的床,
但更像温顺的家犬抱头卧眠,
冷风伸舌不住舔着什么,
在你探灯下的脸上敷以霜迹
就着沉沉的睡梦,
拥怀乡村一家人的劳作时光。

在乌鲁木齐的天空下

雨,从瓷釉的天边卷帘而下。
你走出一辆北上的列车,拾掇好行李。
我们终于到了。他说,
还记得那场春风里的畅饮吗?
——怎么不记得?
南窗临望,柴烹米香。
我们修剪桃木,等你一起来采摘,
那注定是一个简朴而热烈的盛筵。
孩子用眼泪为一条不幸的小狗立碑,
安静的故事教我们直面爱与责任。
——他笑了,充满力量,随着那细雨
汇入边城,杯口状的根茎深处,总共有三次。

相看两不厌

苕,你的笑靥再次巡游入梦
优雅地保持着"永远的距离"
牵手,甜蜜却不在手心
绿玻璃一样的"盟誓"
隐隐作痛。苕,你静默地看我
分明是十年前的重逢
单薄的弦月　在影印我的关切
从地下一层开始
我们的目光紧扣、会意
无论晴雨　不知晴雨
宛如两块互相印证的彩玉
暗夜里绽放的烟火
要我们记取那棵苦楝树
冰天雪地里的飞行
橘黄的旧式办公桌载去
我的断翼　不曾相拥的你
巡游　再次轻盈经过梦的暂驻
似乎蒙有某种生活的忧悒

纸鸢　轻盈宣扬味觉之殇
打碎了今梦的苦涩
仅为一睹你的芳容重拾
苔，云裳如此绮美
你是我"病笃的念想"

筑路工小记

他是那么专注于手头的工艺
竟忽略了我这个偶然的观察者
他首先检查了线标的笔直程度
就从旁边扶起一块半人高的碑状石
移动它　让它从头到脚从脚到头地翻走
在工艺的接茬处
他让碑状石俯身陷入设造的地堑
他认真清理了地堑　使其保持周正、避免枘凿
就开始掩土　碑状石的一半很快没入地层
而上身紧挨着它的伙伴，默然礼遇阳光下诸等智慧
甚至也提示了工艺者对此不倦的专注
这长长的一道碑状石不及晌午就在
他的手头延伸开去
界定了我们行走的街衢、公众的园圃
或更远的乡村

驯鹰人

鹰被蒙上了双眼

驯鹰人骑着枣红色的马儿
不知是什么时候
来到了这里的人群

僵挺的右臂
雕成了断崖的棱脊
一块黑色的嶙峋的石头
死死镶嵌在上面

人们跟驯鹰人合影
跟他枣红色的马儿合影
跟被蒙上双眼的鹰合影
天空的距离　如此不再遥远

驯鹰人不知何时来到这里的人群
他的衣饰冗厚犹若粗陋的兽皮
他头戴的彩帽鲜艳甚于雪霁后的晴光
他细眯着眼　却总蒙一层冷冷的霜

绣　娘

她就是一片湛蓝明丽的天空
锦羽堆涌　停息在大地轻俏的翅膀上
两行烟树映入眼帘　妆成洁白的世界
读不透　人群里的窃窃私语　或欢快的劳作
蓝色是缓慢的。——她此刻会想念什么
告诉我们一种细微的痛　怎样根植于内心
规定或保持颔首的姿势
然后我们得知她曾喝下了乌云　花丛就变得阴暗
一个关切的声音问候她　溪水潺湲绕过
"何必您亲自动手　我们很快清理完尘隅"
用简明的言语表达我们熟悉的情境
同行人是偏爱有效定律的看客
用放肆的笑声侧耳倾听了我们此番描述
愚蠢的嘴唇并不能构成轻松的会意
并不能随着她的目光　无意间抛向渺远
我们给她良好的器具和金属般想象
主题凝结成冰　长久地停立、飘徊、无忮无思
她最终交还给世界两只眼睛、一方草图
嗒嗒有声的金戈撞击　衰老让我们安顿下来

薄　颜

在薄暮下掩藏,瓮声的太监兽
褐栗色鬈鬣,以斧钺作他沉默的武器
在临街的阁楼上,痛陈文明史失而复得
近旁是头号国子监,倚马可赋多汁的楹联

与其形成鲜明的对比
那棵水仙的清淡越看越真
不,她未曾论及任何整体的艺术
韶华亦未曾琢磨,
她适宜的俊颜

死胎低翔、弯曲
麇集徜徉这春的林苑
可以将她比作飞龙、孤鹤
陶醉在畸零的赞美中
却愈加难忘她
瑶台之子嗔怨的神情

手推车

手推车像一张天然的滑板
我们用它卸货
整整一节车厢杂物
被清理、卸载、搬运
铁皮推车也沁出了汗气
它的轮子无形中变得瘫软
每走过一段青石路
要艰辛地嘤几声号子
年轻的推车手有风的速度
和刀枪姿势,他还在冲刺
前倾的力挥洒不尽
脸庞始见饮酒般的酡红
青春嬉笑叫人艳羡
劳动的快乐,
真实的欢纵。
我们未见他有丝毫烦累
手推车卸空之后
他轻身跃上天然滑板

想带起它试飞
短暂之荷化作茫茫云霄
流连顾盼在瞬间生辉
形若悬崖上骄傲的雏鹰

我们的汗手仿佛紧握一处

抬头看见希望
揩汗的姿势极美
我的衣着粗陋如兽皮
野蛮的气力在荒滩沸腾

十字镐
是信仰也是宽慰
与顽石对抗的星火溅落
翻垦一片绿荫地
我们无恃而往
甘做蜥蜴的友邻

大风
快要将远行的人
吹倒吹歪了
迎着尘沙的高墙上升
低头怀想如水的心事

幽篁吟

闭上了眼睛感会
周身是一条旋转的河流
孩子伸出手
乐籁、竹枝扎根心灵
他上前　是梦境倾斜的堤岸
他回退　自比黄风愁云的颜色

风的河流　流过曲折虚冲
及那团跳跃的柔美的天光
孩子也在这里追寻到了梦的寓言
兼具自然吹来的风　独对空谷乐籁的震颤
与之邀约　孩子向一季的等待伸出了手

逆着天光渐去
鸾凤又是怎样地从林中归隐
此刻的庄园　疑似历史的星空下
一垛昏黄的垭口
孕育无独有偶的精灵

无谓的初民迎着他走来
土地如夕暮的颜色
凝重而流芳　倾覆
当他停止心中的哀戚
本身就多了几首梦幻的乐曲

塞下曲(之一)

任戡乱之心的啼血嘶鸣
铁与火驱赶着他,荒野赐予孩子以莽汉的秉性
追寻亘久之门,乱史寂灭
长风拍打孤城的豪响
他不去理会,借雉堞一隅揽取
那四下里遗落的纤纤月影

城外浑黑的是沙场
似有万千敌细在刺探
接连起伏的奔袭　倾掩欲来
鬼魅夜行　悬空的城窒息
孤绝　莽汉之子醉情放任
逐月歌吟　无形的魔笛同时轻轻奏鸣

"秋月此刻倾城,
闯入夜的疆场后看不见你,我就径自离开了。
人虽走了,但你胸怀间的那袭香气
依然留在我身上。……感谢你给我一个

如此美好的午夜。但愿我们共同的许诺
落地开花……你是我的新月姊姊……
我的沙场上的新娘,人间天地,
……来去皆匆匆,
期待再相逢……"

听任无边的荒乱陷落。
醉情揽月的莽汉　忠诚义勇的骑士
还是与生俱来的乐手?
让困兽般的风安静了。
城外的兵寇驻足倾听
星光之翼掠过并擦亮了他们

塞下曲(之二)

我是唐西域的一名戍卒,
一场惊梦睡在历史幽深处。
若干年后,将触动诗人敏感的心。
这敏感主要由怆惶构成。

接近黎明,战地突然颠簸。
纷乱的脚步和马蹄声锤击我的身体。
像家乡一样遥远。
像寒风一样真实。

我想猛然坐起,
可忍不住俯听地下传来的轰响,
已经很近了,敌阵
像贪婪的蛇爬向高处的树。

起身望月,四周昏黑。
一望无际的空旷,
每粒沙尘都有孤寂的面孔。

我的故乡远在中土,
梦里梦外装着穿心的苍凉。

我还在俯听那纷乱的锤击,
平静足可以透过历史的烟云。
彼时,一定有位诗人凝神枯坐,
我相信他触摸到了我的沥沥心境。

尤 物

你们迎面相撞在
古旧的楼道内

她通体漆黑　试图寻找
一片足以果腹的夜月

你们四目对峙
惊怔中　一粒尖啸破壁而出

迫使心脏滴血
你感觉复制了无数自我

牵着一棵忠诚的
木棉树　将路拱手让出

黑色的闪电
坠落　直指铁的栅栏

献给奇加盈的歌

姥姥家住奇加盈
游牧归来歇马的村庄

但这里没有村庄
人们更多地称呼它为营子
跟宿营有关,跟游牧有关
我仿佛看见,
一处处搭建帐篷的地界流动

印象中:红色的奇加盈
紫色的奇加盈
——全部献给了过往的好日子

午后时分,
在去往奇加盈的路上
车窗外鸟儿迎风劲飞
它们的巢窠

暴露在冬日里光秃秃的树枝间
如同一颗颗受伤的心脏

午后在去往奇加盈的路上，
我们途经另一个叫作"东边墙"的大营子
你说：营子里的人，全是虔诚的基督徒
我出神地猜度那片遗落的天空

——全部幸福献给了过往的好日子
奇加盈，奇加盈
蒙古语里你究竟包含什么意思

给曹雪芹

有一个蓬乱的影子飘过
撞倒门前那排梧桐树
长成了你的
一把山羊胡子

俯身
从地上捡起洁白的云
你开始喷云吐雾
就倚着黑石头　彩色石头

石头是你的孩子
你的孩子以石头为家
现在你却倚着黑石头
在人间喷云吐雾
彩色的行人看不见你
嶙峋的肉体

应该有一个鸟窝
住在你的头顶
应该在天晴的时候
把它整理干净

你换了衣服换鞋子
你剪了头发剪胡子
你冒险扮作佛门俗家弟子
却为何一度自许空空道人

你有修长挺直的绿军衣
身披它游走
古今生活年轻又飞快

草地那边有鲜果
你摘吃的时候
每天光着红色的肉身

秋雨辞

细小的　我们应多加注意地面上的事情
两只白鸽笨拙地擦拭着雨衣
这在你看来与身份有些不符

为了红绿灯——
我一个时辰内外出两次
看见那些脑门发亮的松树
民间的松树

雨中呜咽　不幸的女人
邀我讨论不存在的利益
我有迷人的
逾越了规矩的微笑

在一片交错对峙的目光中
隐约可见真诚化作废墟

丝缕清冷如针
出发之前　我们应理解牢不可破的词语
从身边怎样走过
看世界最后的果园消泯
柔美的舞姿
我们应建立起　怎样纷纭洒落的音符

秋晨颂

穿过十字路口的白天鹅
与我擦肩而过
在秋天的清晨　有人被爱击中

击中的　是来自四年前的
蜜语或晕厥　我看见白天鹅的翅膀上
一层细细的雪白波浪散开
比蜂蜜更甜　比柔软更软
比十四年前更远
黯黑中
眯着眼的喑哑的少年
从简单的屋舍走出

（用桦木做成的床
用秋风做成琴弦）
感觉阳光刺痛
每一个人的眼
马的影子翻过敦厚的院墙

有时阅读厄运和不幸
敬畏兄长如鲠在喉
像受伤的天鹅,停留低空飞行
每一个人　带着记忆的黯黑逃离

有时漫步——
我从来不去瞥视十字路口
青砖楼榭　青石路面
胸口隐隐地疼
藉此覆满遍野的杜鹃花

坡　地

我看到植物的金属架子,爱抚红色坡地
间隙有一声哀叹,拂过琴弦,春风
长廊如带挂满了铜铃,鸟之喙
几近遮蔽的彩饰
被挡在了坡地以内,结合处显得多么虚假
同样看到了向上的面孔
红色壁垒,力道不济而被暮光浸润得十分低暗
那恐怕是在等一个未归的漫游者借过

第三辑 爱的行装

遇 见

我不知道你要带我到何处去,
在此间我们总要经过灯火湮灭的长街。
让一片爬山虎筑成丛林的错觉,
矜持的夜色只为我们挽留。

酒,在杯中已沸腾,
它会带我们到不曾触及的远方,进入那沉寂。
你的目光齐肩而垂,
酿熟了的市井声再次推开在门扉外,

六月槐花是低空苏醒的眼,
我们如此信赖,像美人痣般温柔难忘。
而在加了冰可乐的微醺之后,
我们看见不知名的飞虫,以细弱之躯
洞穿堆积满灰烬的夜幕。

萤火虫的新娘提着灯笼远远地来加入,
欢聚,列队,舞会,
在那沙土冷清的城郊,谁在默然关注
我们口味浓缩的活的艺术,
一抔花冢像节日亮起又酣眠。

曾侯乙和他的编钟

他的头顶是十二只喝干了的
倒悬的酒樽。
他就那样跌坐在深宫中,
了悟或厮守
这些美的秘器。
"如果仅仅是享有快乐,
而不去付出代价,"他说。
——那会儿蝉的嘶鸣愈加亢奋,
投射在屋内的铜镜,
并使它们像
被擦拭过了一般闪亮。
他的目光停在了
从乡野带来的花束上,
相同的禁忌,宛若
女婢亲手写下的一首诗。
"如果真的流连于欢纵,
而不用去背负肉体的深渊,"他想到,
"这些野花,

就将从她的手,进入我的眼……"
他片刻的小睡静如痰盂。
"还有什么美的事物,
让我们一并在故国流亡?
礼法,饕餮,华服
朝向深秋之郊的游乐畋猎?
有一天我突然对自己厌倦。"
再往后门客都来了。
有所附议,
他们努力尽着最后的职责。
他在首座的那头以缄默挑明,
宫,商,角,徵,羽。
难道苦役是生命的本色?
他目睹种种美的遭际,
如有一丝述说不清的微笑。
这使他感到不安,
心潮开始大面积干涸。
请再奏一曲《菁菁者莪》。
直到越来越多的沉滓泛起,
在朴素的光斑底,
那些敲响又寂淹的
钟声让他忍不住喊渴。

历史课

亲爱，让你感到不适的飞鱼跳上了岸，
搁浅由此发生。在一天的工作中
你会分几次心，
你太看重第三人称的支配了。

回到木画笔插在花盆泥土的时光，
回到母亲用油津津的大手牵着你，
（当你拧开那饮料瓶盖时，
无意中发现残留的油腥）

而正襟危坐的灯下，
陌生人的脸面面相觑。
你的声音充斥不安，
这屋里的燠热堪比锅炉。

亲爱，如果生活里缺少了铁和盐，
我们就可听见种子绽裂的寂静。
你将爱上不远处的街景，

摇摆你的花枝,迎着十里春风,
从傍晚麻雀叽喳不停的会场间。

或许不和谐来自深刻的命运,
某种传统也隐秘流在你的血管。
而在法律庄严的注视下,
你与造访者聆听友邻般倚肩相谈的正义,
这种不设防的箴言今天仍提醒我们秩序时刻存在。

灵魂乐

它等同于麀鹿的质地
在停止处行进
与无关有关

你很想去接近
保持一段微笑的距离
三人不能成虎
只有围着火的荆丛

又一次进入醒后的梦
这凌乱的帘子被更换
她是出于好心
或者耻感
要不然怎么横臂
遮掩花簇的旋律

唯其忧心
所以还真就解脱了

沿着自由的轨迹
它如麂鹿跃入林中
在众目注视下
展现暗夜的一面

不,那是你的至亲
所以你很快
将它拥抱,伏贴入耳
轻唤:此时,此景

城里的土豆花

此花只开一株,在城里被人忽略的角落,
在居民区豢养的花圃中,你亲切的目光
由它无限制攫取。乡间那盛大的泥土味
一下子撞满怀抱,你的孩子喊着奔向你,
依偎那深情的土地,身后的人群
在日复一日的夕光中闲聊、欢笑,
所以你必须学会忍耐,同这朴素的花。
走向药巷平缓的尽头,和它时间的褶皱。
此花是童谣里浮在池塘不灭的眼,
时而绛紫、时而粉白,
随时可能倒伏在一阵疾风中,
那如何独撑起整个盛夏,劳作的式微?
此花开在这里,多像欠下一个许诺,
对应它埋在地下的果实。
它的观赏性将对高贵者报以致歉。
如此继续小心涵养它的根茎,
在一个不耕种的广阔土地,
它有些不合时宜,隐藏的眉睫浓郁而纤巧。

那些大丽花、菖蒲、芍药、月季,
甚至剪成一部风景的榆叶梅,
将通过人们的赞誉完败它,
可你还是只记住了它的摇曳,
在偌大的环形花圃,饰作一名不称职的园丁。
此花开在这里,多像欠谁一个许诺。

飞 行

我们去参加鸟类的音乐剧,
换气扇就在太阳下低沉轰响。
我们将克制对高空的恐惧,
张开臂膊,闭眼。

在抛满了云絮的崖畔,
因那浊乱的场景而失态。
百鸟屏息凝视,等待庞大的城市
升起在头顶,我们来了,
以重力的加速度。

我们用精确的计算武装心灵,
并试图寻回失陷的鹰隼乐园,
垂直的眩晕像河床改变了方向,
因而我们再次紧紧抓住。

体内的漩涡。更小的家雀衔起
风中细枝和草籽,挂在树梢的巢,

努力支撑的眼睑,然后我们系好安全带,
喝下来自郊区的茶、牛奶,学习
一条心不在焉的地理广播。

整个夏天,鸟类的音乐剧与换气扇
达成某种默契,并握手言欢。
在那阵尖利的长啸后我们终于平静,
没有一只鸟看见我们泫然垂泪。

陶

为它上釉,为聚在一起摩挲的眼。
除了覆在梨皮的蜡质层,
还有什么配得上这天然、质感。
那里是否曾注满水、火?
像递上来的这只山梨般解渴。
那或许经由一位宫女的素手抟成,
在她无人可语浸淫陶艺的时光。
经由她的手,削去了岁序的棱角。
我们晌午访别,任凭田园流火。
那洗净的完整的梨,
在削皮之后递到你手上,
又会是怎样的触感。

痕

那漆黑的驳船因桅杆而形同乌有。
在它的顶端是水鸟醒目的喙。
你漂浮地平线的故乡选择靠近岸礁。
所以,当你读完这篇航海笔记,
舵轮,指北针,咸腥的风,
将模刻沙滩上的足印,
你无法抵临。
那铁锚握在谁手里,
一个巨大的钓钩如此辉耀
盛满竹篓的星光。
请允许我又一次枕着江枫渔火入眠,
给我湿津津的衣衫内侧你晶莹温润的臂弯。

角 色

她的每句台词都配有丰富的表情,
总体来说那气氛是令人欢愉的。
如果以独幕的形式去表现将恰当而适宜,
事实上她正在这么做,从私密的声线
流转的眼波完全可以看得出。
我们确信无疑,她由衷喜爱那个幕后的人。
某种强大的感染力让林苑、小站、布景
在夕光中微微战栗,并涂上一层镀金的神韵。
即便如此,我们尚未认可她趑趄的美,
那轻松处于另一边幕后的人,
在我们眼前的身形渐显清晰而高夐。
很快地,我们将按捺不住内心热忱,
由于不停加码的戏份,无形的绳结
牵系并透支性地纾解我们的超然物外。
稍后的落幕叫我们看见,
一条笨拙的剑鲨隐约出没,咬破筋皮。
甜蜜的诺言在空气中游弋,辨不清的款曲。
——但愿这种鲜嫩的肌理更天真更久远一些。

探望患者

是明显的疾病,将他拖在了恹恹的白床上。
我们朝这所叫医院的容器投去一瞥,
它贪婪地装满了个人的疼痛、不幸。
目光总绕不开那些幽暗的植物,
高高堆垒的石块,不舍昼夜升降的电梯,
搀扶者以及被搀扶者,看护者以及被看护者。
唯有充塞四下的血腥味、消毒液、分离又聚合的器官,
难掩光芒的手术刀,像白床一样白的
裙子、圆帽、玻璃镜片、胶皮手套,
还有咝咝吐信的电流。
还有并不是由于疲劳而倒头便睡的家属,
还有饭盒、保温杯、暖瓶、水果篮、鲜花,
还有影像胶片、处方、病历、中西药械、麻醉术,
还有来自幼年的霜迹,生锈了的咳嗽,
还有手与手握紧,目光与目光熔融的探问,
还有带着亲人嘱托从远处赶来的服侍或照料,
还有对下一轮白日升起的明天痊愈的期待。
我们敬畏于这种叫医院的严酷执法,
像鸟雀远远飞离不忍回顾。

重读一座城池

城里华灯初上，你们来寻找那口深井。
在井的四周逡巡，人的交谈由于旷野而细弱游走。
它就像一眼取用不尽的泉，长久地注视那城池。
这汩汩流去的，在枝头吹翻的叶簇、纯白的玉兰花，
低吼着闯进野地的辎重车，转瞬都将消失不见。
滋育来自三屯河？阿什里？
或者更进一步的努尔加？
没有人关心言说之外的事物。
没有人关心龙的存在。
正如，那些造城的异乡人住进搬迁的蜂房。
在旷野，天色暗下去的速度让你们哑然。
怀想混入暮色的脸，习惯搔弄居住屏风的手臂，
用你的另一只手。
当你们放弃打开爬满苔痕的门探个究竟，
你们的行踪不由分说搁浅在了井边鼠齿苋的喑喑间。

比 较

路,窗玻璃,新鲜的桑叶,灯亮了。
我们飞越看不见的重重的墙,
几种晚间的事物在深巷交织,
颤鸣着,传递令人愉悦的歌谣,

空转的扶梯,还有丝绒躺椅,
从地下室取出封闭了整个冬天的行李架,
蓝色的烟于是在阳光下消散。
我们把手交叉于腿股之上,

以便寻找到舒适的观望语态,
疑是促织在体内唤醒某种乡愁,
储存冷冻的带鱼,药巷低于海岸线。
我们今天从马路边领到几份女性健康课。

晚钟洇湿了我们的嘴唇,
隔着世纪之前的旋转门和警笛,
那些在极地流放很久的艺术家奔向我们,
这就是服从,是命令我们自胸中交出火红的牙笏面具。

博物馆

自圆穹顶投射下星的尘埃,
像一些交叉跑动的脚步。
细小而迷乱,在好奇的目光浇灌下
是否再次鲜活?

这些无言的器物
在更换新生时代的唇语,
亦或,为你们制售
白石灰抟成的古老面具。

这种关系就是对着倾落的记忆喊停,
从那隆起的眼鼻、额间
找到当下感受的天真,
如你所知,我们称其为衍变的文明。

但唯一的冷静的脸在对峙中呈现,
它粗砂的边沿滴落叶子般绿色的泪液,
"请为我们也提供一尊神圣的图腾",

你说,"因为我们在热切中已亲近了它"。

这白石灰的白聚沙成坝,几乎被用尽,
我们忍不住相当失望,我们甘作看客。
不舍离去的浪花一阵阵追逐脚下的岸,
最后从它冰冷的中心出现一个缺失的孔,

迎接相反的方向,另一位陌生的自我,
它将端于你的掌心,凝聚,变幻,伸展,
这更小更真实的浮雕出自它的中心,
印象里几乎和它一模一样。

快感,迅速而强烈

这是眼睛,
这是嘴唇,
还有我的手。
我们将去年的黑土壤,
翻出来晒在日光下。
从你的花枝散落,
沿庄园的周围巡游。
然后我们躲进药巷的一小片清凉中。
在穿过半个城之后,
广场上的风车
依然凭借不倦的轮翼试飞。
我们为此放下执念及涸惑。
告诉我今天防备释然的原因。
在这些爽净的月份里,
我们先于自己找对位置,
满含那期待或赞许。

1846年的梭罗

你的手虽轻抚这草秸,
但你孩童的心始终远望湖畔。
晨露将镰刀洗得湿而锃亮,
布谷鸟凭啼唤
掀开梦之一角,
它伏在杨树冠整夜辗转。
艰辛的日子饱含妈妈的叮嘱,
你跟随蜿蜒小路的脚步。
那天色尚早,正当晨兴理荒秽。
从康科德到缅因州的森林、谷川,
再到这湖畔,你走了大半生。
不时跨越暴雨冲决的悬崖,
在你迅捷的脚下大张裂口。
那朝向天空的贪嗜,
某种潜藏的孤寂人类今天说不出。
冷沁麻木的双手,
你需要尽快收获完入秋的馈赠。
让月色洗净钩镰,

并将它收入暗室的匣中。
但现在天色尚早,
爱德华·霍尔,甚至称作
政府的机构也存在,
凝视山崖边涌现的骨殖与火。
为它而沉思,忘了寒意琢刻脸颊。
入秋的稼穑不多也不少,
湖畔外的金色海啸像枯叶飘摇。
再过一会儿,微熹初露山顶,
引着自然的信徒轻快步入林间。
是谁拼力踩住人类不平等的刹车。
在充满神性的监护下,
快快拾掇完手头的活计,
你和你的追随者举步,
一起投向前途未知的湖畔。

阿克塔斯岩画

午后,马兰花以它细弱的足音
轻叩山谷、原野,随着那寂静的探访,
你多么期望遇见同伴们
曾经涉足的游乐场。所有的声息在酣睡,
齿形小路,缠绕无名植物的茎叶。
渐次隐入兀立的怪石峪,在那以后,
牧民收拢他们的牲畜,游动居所
构筑的点点阴凉如斯可乘。
你不禁期望踏入原初的畋猎场。
新鲜兽皮裹住被湿痛侵扰的身躯,
裸露着,斜卧在宿营的土埂边。
火团包围了周身,迎向早春的阳光。
你多想亲手接过这汗气蒸腾的兽皮,
披戴在完全赤裸的胸膛、背部,
分明是一匹趑行万丈山崖的猛兽。
你猜度这历久辗转的驱邪古方,

而那位耄耋老者安坐路边行将叹息,
——是的,过不了多日,
你们在一场豪雨中获得舒展,相偕赶往
这思盼良久且生力焕发的聚首。

为什么寻找?

他说,在新的一天,我们或许会后悔。
他还说,坐下来歇一会,在铁桥的阶梯边。
男孩子们刚从一场化装舞会逃离出来,
他们并肩坐着,什么也不看,
什么也不说,一直安静地抽烟。
他将扮成故事里毛茸茸的老虎套衫褪去一半,
露出少年的哀愁并为明天合计着,
但他忍不住还是表白了,尽管没人理会。
盛放清酒的盒子空空如也,他打开它,
发现一缕蛛丝状的浮尘飘在空气里,
但他忍不住终于倾吐心声,
捡起一块石子抛进深潭那般。
子夜时分,两个少年并肩坐在花池畔,
"我们多久没像这样走路了",
说这话的男孩语调轻柔。
"是的,我们总会借口很忙。"
"你喜欢走路吗?"
"只要和你在一起就好。"

不管接下来是否后悔,
他还是借着那壶月光独白,
忙碌了一天的漂亮灵魂那会已安歇,
他的期盼或许会落空,
但他很快说,这是一个莫大的笑话。
他们分别起身,也或许,互相道声晚安。
一架快艇从花池中央开启,悠缓地穿过他们的身躯。

见　证

我们的脚,撑在被漆得油黑的铁砧边,
如果把那图景倒置过来,仿佛是某人的丧礼,
孩子们在鼓声中睡着了,
接连不断地跺脚,赞美雨后的向日葵地,
正是由于那样飞驰,我们无比准确地辨清了
车胎轧过柏油路面时的飒沓不绝,
当驶过窨井盖,它会向我们投以飞吻,
仿佛一柄降落伞飘浮空中,喝着啤酒,
某一天,那些从未见过的人把牌桌
临时挪到花池中间,开创这局新游戏,
如果我们否认快乐有一千种可能的形态,
在主妇们惊喜的语气中酿成唯一的崩盘,
我们几乎就要被哈特·克兰的《桥》给打动了。

过程,终点

我们匆匆的行色里有一把胡琴拉奏的节律。
虽然各自相异,但通往同一处宿地。
——你如果仔细去察看,你就会这样说。
时常地,有些青年像巨大的虾米走出猫步,
再把多彩的头发绾成一个小团子,
高高地标示在头顶,诉说着生活中
令人不安的遭际,将套衫搭在臂弯或肩上。
然而我们无法忽略另一种情形,
因为它在新兴贵族的闲暇那刻淋漓呈现,
来回几次,选择一处合适的岸礁停泊,
精神的谱系里玄关之门(以美德为名)被损坏。
但是,我们为什么不停下来歇息片刻?
我们在药巷的土地上满足地拍拍腹背,
像隐忍待发的箭镞,它先后徘徊经由手边。
我们看得非常清楚,我们按灭了记忆里涌动的火焰。

未改变的

当你一周后回来时,花园空地被绿色填满。
你现在应该知道那些花草的名字了:
千穗谷、剑兰、芦荟、刺榆、丁香……
几乎是一场不期而遇的夏雨,
让你在心中失声呼喊:这些脸色纯白的妹妹。
药巷如一位老邻居伫立在大理石台阶边,
你微笑着点头问好,曾经的控辩被洗刷无存。
你不忍回顾再多看一眼,它们的心事
也远远地定格在不知所踪之处。
那黑风衣照着它们街灯下轻盈的等待入骨刻画,
飞鸟们突然光临地面,并在车辇下避雨。
从来无人停留原地,未知的期许一次次带你们
投身药巷谜一般的晨昏中间……
于是你跟随它们,舍弃了迟疑和等待的脚步。

在药巷

那时你和兄弟们扶着她的斗室周围,
北极光久萦不去,为了避开它的直射,
你们需临时搭起一间幔帐。
守夜人正为曙色做最后的整理,
他将给新的一天,拾掇出代表秩序的位置。
那鼠尾草已经返青,
突然大作的风雨,不禁使兄弟们低头,
而手臂仍向天空生长,轻微摇摆,
只要有片刻松懈,它就会掀开
你们守护的人字形防线。
相信你们一同亲睹了:
在这林荫遮掩的墙垣中间,
药巷已摆放好她的躯体,
她将永久地走出新的一天,
失却你们累世立足的热土。

初

她有时把药巷攒动的人影
和居民楼揉皱装进口袋里。
如你所知,在那蓝白相间,
衬在水彩画后面的底板上。
姑且不去追问为什么,
这会花期已褪尽,现在只有逗留在窗轩
舒展青黑枝叶的山楂果摇曳在原地,
就像出生在这个初夏的婴儿的粉拳。
假使有一阵疾风来袭,
她便会挣扎着摆脱,吐露灰尘般的言辞。
每一位访客落足深巷意欲一探究竟,
鸟雀们也时常光顾这里。
在人群中与之对视片刻后,
她又径自埋首于劳作的艺术。
不知这是第几次了,
蚕蛹在阴凉的匾中开始孵化,
药巷的坚忍与她的沉默非常贴合。

从这里走出去,
更多的人将传颂药巷居民的自由闲适,
她是那保守派,沉迷于对缯绣的改进,
直到在晨色熹微中她把满襟怀的露屑又清理了一遍。

彼岸的触动

这是一片安静的水塘,
在里面住久了,有人就会来到岸边换气。
我们还记得那场豪雨,
它表明了生活中醉与醒的分离。
在探访者到来之前,
我们用确切的口吻曾告知这一切,
但在并肩而行的一小会儿,
我们已记不清那次审慎的交谈。
在水塘四周,或许还有野桃树柔韧的意味,
或许有蜻蜓围着我们飞舞,
当人们穿过水中的甬道,
——那是星期一,整洁而有序。
我们看见鲜嫩的云落满由于长久地行进在
幽暗之处的脸孔。
随后寻找一片适合停泊的空地,
我们将错失约会与访游。
"那些搁在笼子的行装是什么意思呢?"

岸上的人一边琢磨,一边从大开的门前走过。
清晨的阳光直射进钟表铺,
父亲们已学会如何让陌生化的噪嗲和交易充满趣味。
那时我们也让蹒跚的婴孩靠住沙发背,学习站立。

龙 猫

我们决定了:养一条龙,作为宠物。
因为看不见的火,因为干渴,它开始喷嚏。
我们非常担心,它的呻吟使房屋也发颤。
它的触须,像榕树的枯藤,开始慢慢垂落。
某一天,它呼吸急迫,躺在我们怀里,
一场突如其来的交通堵塞了药巷,
无法进入,也没有出口。
我们抱在怀里,分开那龙须,
我们想轻抚它的脸,变形在那会发生。
我们看见它短小的双耳旋转到了头顶,
拉长的脸庞,开始变圆,变窄。
钢丝般的胡须止不住收缩。
在它龙的假相后,猫脸,浮现出来!
我们开始慌乱,手足不知置放何处。
虽那么宠爱它,但我们的恐惧终于胜出。
我们彼此喊叫,尤其是你,脱手丢弃。
装在褪褓中的小龙,被重重摔在地上,
水管崩裂,轮胎胀破,细若游丝的气息

乍泄,呼吹,夺路而走。
我们谁也没想到:这是一个正确的行为。
看那小龙,从灾病的边缘被挽回,
原本僵冷的形体,开始进入沉睡之态,
梦中的呼吸,也逐渐重现均匀,
猫脸褪去,我们找回了对它的情感,
一切都过去了,我们曾经的担心化为喜泣。
谁也不会想到:
我们在千姿百态的宠物中,
像养育孩子般,呵护这条乌有的龙。

路

倾斜的药巷朝我们敞开满怀。
街灯葱茏,清越,
沿铁桅杆照临身边。
林苑的野趣、白鸽、墙栅、居民楼。
每天经过这里,
回到书中所说的快乐起点。
然而我们依旧走在特纳格尔城的某个街巷,
抑或骑着单车穿行在白杨林带间。
车后座的你跟我们的挎包一起摇晃,
搂住我奋力蹬车的腰背。
我们的青春和自由一样多,你说,
还记得那天晌午,你孤身从东公园的草地,
从医学院,从北四路,来到我们幽静的花溪,
因为我们搬家了,房东的孩子抚弄着他的脐带。
我们忘了去年忧郁的雪,彼此心照不宣。
我们从集市上买回一条脖颈柔软的小狗,
因为它随我们走动的身影,
想把自己变成向日葵。

这以后我们用砖块、草秸,筑起了红泥小火炉,
我们翻越火车站来到另一座城市。
有人在老年活动室说它像只狐狸,
另一人从脚手架走下来歇息,说我们是浣熊的主人。
我们只是盈盈笑着,听不懂那俚语。
被说成是浮夸,迟缓,
和不怎么积极进取的闯入者。
我们的骄傲也和自由一样多,
仿佛一个无人照料的花坛,
在暗夜之角开启了它隐秘的门扉。

绻

在岁末清晨,药巷都会找到供她立足的
舒适姿态。这舒适足可让我们迁延不去。
一种如蚕丝被的柔韧包裹赤裸的我们,
手搭在她的肩上,我们需要白色,白色是弱的。

窗外的鸟鸣像一群孩子在嬉戏。
你所称述的白菜园朝胸口不断挨近。
这是未设防的复醒,来自瞄准器,
一把钥匙在锁孔转动的声响。

在夏日门庭,青藤趴满齿形的廊檐,
开启,闭合,被风雨的沉默搁置。
我们仍在此逗留,如果足够舒适,
我们情愿于短暂一刻走进生长季的缓慢之中。

还有什么值得奢望,探访者
忍不住投来惊鸿一瞥。从山林飞起的精灵,
有一天,它会栖息在我们舒展的手臂,
凝睇:从药巷剪影抵临广袤无边的心的疆土。

人之声学原理

人人皆可发声
像苗木从体内长出
如一群无形的夜蛾
自人的肉躯衍变而来
葱茏　郁积
黑沉沉一片
不易察觉的构造
相伴随行的附属品
当有一天
人对着石头说话
被风和流水、行云记录
就在陌生的问答中
那人第一次窥知了自我
备感声腔的讶异

欢迎回家

弟弟,你从阴阳间隔的那边飞来了。
——庄周在许久前见过一次,
这是第二次了!

弟弟,你为何不衔木棉,衔的是鸡冠花,
扮作一只知更鸟朝这边飞来。
——梁山伯说那是你的一只耳。
我也看得清清楚楚,那分明是你的右耳,
——我们做幼小的玩伴时,就抚摸过
耳梢,可爱如凤尾绽露的花瓣和花蕊。

弟弟,这是又一场乡村的婚礼,
也该请所有在外的宗亲回来聚聚了。
一拜高堂,二拜渺渺的天地。
这条坚忍而隐秘的血脉,
始终将我们紧紧联结一起。
阴与阳相会,生与死交融,
伟大的人世间,自然界何其苍凉与繁华。

弟弟,这是很久前的那场葬礼,
高扬经幡,在我们代代生息的高原,
主祭人挥舞的利剑召唤沉睡的雪域。
山鹰来了,在外游荡的魂儿也来了,
透过匕斜的双目与沙漏,
晌午的日晷被抽剥成一道晶亮的丝绸。

弟弟,我们共同的玩伴又在一起嬉戏了。
这是五月初五,没有谁在转动经筒,
就以桃木作杖,放飞的纸鸢传递破伤风般的低鸣。
阳光雪原,鹰鹭一线。
乳名叫平的孩子指向纷飞的鸟群大呼:
你也来了! 片刻惊疑后,
我也喊道:是你! 我的弟弟回来了!

亲爱的弟弟,谢谢你落在我手臂上的感觉。
与从前一模一样,我抚摸着你真实的筋骨,
你可爱如凤尾的右耳,依旧绽露花瓣和花蕊。
尽管你披了一身羽衣,我仍为你
七彩的锦雉而内心窃喜。
你多么美,美得精魂,
勃发着永恒的青春和雄力,
我擎着你的脚爪,一次次轻抚你的翅背。
你,我,还有妹妹,我们一并牵手走在人群里。
除了那些熟悉不变的游戏,
我们会在婚事丧礼上像往常无忧无虑。

可你终究还是要离开了,我坚忍的心有千万个不舍。
但我祝福你,深知在阴阳间隔的另一边,
将会少了纷扰和烦恼,你驾乘无限的虚静悠游自在。

亲爱的弟弟,你要走就走,
展翅归去吧,我将在这尘世祝福,
深深地祝福你!

第四辑 酒歌

彗 星

藏在每个人手边,
和一场假寐刚探出额的那会儿。
也只有半圆形,携带白光、
冷笑,并且不打招呼
滑过天地虚静的保护色,
拖着人类读不懂的剩尾。
我注视了那么一小会儿,
其乱中有序的轨迹分别显现出
小时、分、秒宿命般的指针。
而不真实的鱼也摆了摆尾鳍,
从卦象中的黑,翻了一下身子,
重新游向它自我的白。

桃 夭

之前你并不知内幕
你看到他的红棉衣
使整个黄昏天温暖
又以为他独自一人
从墟落里走出
但终归惊诧
有人将繁多物什递与他
用静默的芳颜大声朗读
——红桃K

而熟知游戏规则的人
心无旁骛地练习叠床架屋
并对着影子,猜故事的谜语
正午世界唯有粲然欢笑
约请他们编排制服小分队
清矍少女怀抱幸福讲义
走过那种疾驰
教愁容骑士难忘衷曲

湮灭于伊甸园
劳燕分飞如鸟兽散
高过头顶的树木葱茏
你抚摸忠贞的亲吻
彼此被旧梦引导
在空悬的经典中
遍染薇亦作止的莲花

蒙面人

成长的意思无非这样
一扇扇打开身体的门窗
有时可听到热烈的响动
有时则悄无声息不易察觉
生命滥觞于关门闭户的黑屋
嘶哑的嗓子最先开启
有那么一丝丝的涩疼
然后眼睛明亮了
然后发生了美妙的粲笑
无数个夜晚　是什么在召唤
无数扇轻微的门窗打开
一条条盘曲的蛇　完成蜕变
在睡眠中你也燃烧自己的烦恼
你像一棵柔韧的苇叶
在水湄装扮自己的呓语
迎着强劲的星光和晨露
你着手打理岁月的荒秽
它们实际上更接近同调的复奏

汗漫无际的平静与惊愫呵
你偶遇了修普诺斯之吻
这是最后的风暴和闪电
毁灭但也造就了你
像一个蒙面人那样
重新回到最初的空无

玉雕白羊

用和田白玉
精雕细琢一只羊
用一堆枯草
驱赶一颗新生的草
走近白羊

这颗幼小的草
远远地
在白羊面前发抖
并失声哭泣

——它扭动身子
要求停步不前
看一堆枯草走上去
用手拍拍白羊
示意安妥无事

但那棵幼小的草
仍不愿走近
只是远远地观望

玉雕白羊
并非真实的羊
一具雕像而已
年幼的草
在变得朽枯之前
它多么惧怕
那只没有生命和爱情的
白羊

塬上清梦

那里有长满芒刺的榆树和杏树
在浓荫后面,不知名的蛾虫、灰蜘蛛在乘凉
白昼的阳光消退,整个夜晚才真正属于它们
但它们像影子一样存在,此时
你无法清晰看见;偶尔振动翅翼发出嘶鸣
轻微地爬行不留痕迹,它们会用针喙取食尘土
也不拒绝你新鲜的血汗,被疼痛灼伤
狭长沟堑快要成为它们飞驰的疆场了
在沉寂中挥舞出的线条凌乱不堪
低伏于枝干,采摘悦目的青杏
它们从你这里获得同样的味觉
是的,蛰伏也需要寻找必不可少的对手
林间那无数双眼,透出发白的粲亮
其中最著名的那只阴阳巨兽壮硕无朋
它的交错的利齿,凸起在面孔外部
火红的须髯无限垂落,末梢全然覆没了铁蹄
它的双目犹如岩缝,葬于咸海,深不可测
鼓胀的腮腺像一百只拳头在敲打出击

瞬间可以化作万座峰峦滚动起伏
你曾献予它一湖泊的血雨、两集装箱烟火
但现在这些情愫已全部焚为灰烬
脚下土地隆起黑色阶梯,似有琴键的柔韧
经过那扇窗,朝南乡开启,更不知何时踏上归途
少年歌者专注而静默,趁着宿醉爱上了移动的面具
你看见那具木像,同样戴着面具坐在桌前
(家庭生活是映在幕后的宏阔背景)
渐趋遥不可及,倾心营造的理智何其芜杂
它们在密林后的哂笑声刮起血污漩涡
从阳光的斑驳中飞渡,枝梢窝巢、泥淖渊面
何曾显出丝毫恍惚?使你想起水仙的繁茂修长
用俚俗掌故改写它们,在它们身上稼穑
塬上的疏寥旷远回荡在此间平缓的寓所
你有你光明的境地,居住在云彩上
花香累累重叠,覆住你灵动的身骨
接近自然的乐籁,拨弄屏风背后的琴弦
但更像一座空空的陷阱、庄园、桌台
或许,它们早已察觉到这里的丰稔

乌 鸦

天真的嗓音
盘踞在山谷暗穴中
像黑色的炮弹射出
飞过阳光下田野

仰观闪电掠过头顶
一只、两只、三只
更多的充作黑影
盘桓于看不见的高空

你扶着因劳作稍显酸痛的腰背
用另一只手遮去燠热
追随它们的注目礼
是由衷的感佩吗

在村庄后的矮墙上
你曾与它有过对视
一双蕴藏血与火的寒目

草根、虫豸、作物籽粒
连同被宰杀畜禽的内脏皮骨
在这副眼中是何等盛宴

先是落足于树木荫庇的墙头
等待你因对视而心生恐惧
强压嗓端的狂喊
你将趋之若鹜去接近

它们紧盯你迟缓的步子
在设想好的痕迹中行进
在它们内心深不见底的
那团爝火中燃烧殆尽

扎根墙苔上的羽状花
或被雨水淋透的荆丛萎谢
始终追赶风飘散摇摆
在蹲踞和腾跃间假装犹疑
而你亦步亦趋的探寻
就映在与鸦眼的无边对视中

酒　歌

上善若水,若酒——
水与火在这里相遇融合,
点燃行将锈蚀的躯体。

火,来自草木捧献的果实。
来自令人心醉的纯净。

愿滋养每一位啜饮者
曲水流觞,
我们藉此追溯赠予的源头

隐迹终归于
山野林泉,石壁洞府

千年来,它的光焰飞越
我们周身,我们的肢体
得获丝缕沁凉,却始终无法揣摩

亦是无数神秘的眼在眨
仿佛要深入到我们内心

在酒与历史间,有一大段空白
它是忧郁的,蜕变细弱无声

令我们决然,回顾低微处
渴求挣脱多疑的桎梏
汗气凝滞,在杯瓯盛放

愿滋养每一位啜饮者。

亲吻游戏

他抱着两岁的儿子,
与妻子一道散步。
他对儿子说,亲一下爸爸?
儿子嘟着小嘴贴上去,
嗯呐——啵吧!
他对儿子说,亲一下妈妈?
儿子嘟着小嘴贴向妻子,
嗯呐——啵吧!
他对儿子说,爸爸亲妈妈?
儿子似懂非懂地看着,
他学儿子嘟嘴贴向妻子,
嗯呐——啵吧!
他对儿子说,再亲爸爸?
儿子又嘟着小嘴贴上去,
嗯呐——啵吧!
他对儿子说,再亲妈妈?
儿子又嘟着小嘴贴向妻子,
嗯呐——啵吧!

他对儿子说,爸爸再亲妈妈?
儿子仍似懂非懂地看着,
他学儿子嘟嘴贴向妻子,
嗯呐——啵吧!
亲完后他们一起哈哈大笑!
他们就这样一边走一边亲、一边走一边亲,
从街上夕晖中经过,从每一个人身边走过。

翻过寂静的山岭

从出神仰望开始
攀越和登顶需要一次意外
你们将它称作缘分
假使眼前这座孤山也有生命
它的成长该会多么漫长

我注意到它葱绿的皮肤
在雪虐封冻之前
一朝变得干枯和芜杂
那是它呼喊的欲望中
最细小的部分

村庄后的山脉静默百年
在虔心守护中你翻越它肩头
终于来到它的极巅
这里的境地人迹罕至
蒿草成丛衣袂随风飏尘

而在登顶的极目俯瞰中
山体周身被浑圆的苍穹围裹
唯作短暂的逗留,你须将上路
后顾是养育你生命的故园
前方有另一座漫漫的高岭

不再回应

一片松林,两座寺庙
这就是他们关系的秘密所在
日光映入潭涧,回到笼中的兽
他们从未想过离开这里
还有救吗——这样——似乎缺点什么?
不,不是那教人昏聩的
爵士乐,把伞和风衣全部收起来
他们从那桥梁边踱着醉步
拾级而坐,万物嘤然
听闻那壁画深处传来
一个满满的愚蠢的呵欠

边 界

他们只是瞩目在此发生的一切,他们不会说:欢迎。
喉咙里的座钟越走越松懈,如果论及希望,
无疑在那会儿变成了真正的奢侈。
你试着小心穿过雾霾下的花园,
接近那草堂,必要时给予修葺;
他们摇着头:这不可能。像往常一样摆出例证。
你注意到了,小槭树的神情分明呆愣。
酣醉的天鹅在莲池中因缠绕曲颈而微颤。
训练堆雪人的蛤蟆(你无法不承认)有副红脸膛,
为雪人装上樱桃口鼻,挺括的腹部极似扁角龙。
那仙女星宿举着宫中铜镜,扭头,理鬓,然后鼓腮。
不假思索地,
你对他们抛出昏老的、稚气仍未脱净的申辩。
一阵愕然。你弯腰拭去裤腿的雾气,抬脚踩着那台阶。
无疑又回到跋涉的起点。
倾倒后,携带何止清脆的音调。

绝对的平衡

散布在药巷周围的斜切面上,
南国的红豆有点拥挤,有点新,
使你误认为星辰自银河摇落。

晌午,那个人在菜地边,
用铁锤拆卸一只旧箱柜。
那些曾经亲热的喷漆板
于是横竖躺了一地。
当锤子从工匠手头挣脱,
他霎时间有了
《知北游》里"于物无视"的状态。

你依旧端坐药巷的腹心。
那间旋转小屋仿佛刚从空气中出走。
这激荡的土地,因短暂偏移而游动。
我们可否从幸福的标本里
找到一把相对确切的尺度?

"惟惕惟厉"

在药巷之窗,在夏月里。
每天有两种时刻真正属于它们,
清晨和黄昏,麻雀像从学堂放出的孩子
叫得正欢。

清晨因孤单,去呼朋唤友;
黄昏下将有一片漫长的梦觉正在接近。
觅食,生育,飞行,
那会儿显得无关紧要。

它们激动地鸣叫,因为看见了
这满世界的葱茏,不经意变得枯黄?
这装在药巷之窗的平和欣喜,
往后孕育出悲欣交集的样貌?

它们是对的,因为你也在辗转、犹豫。
为了找到不同于此刻、坐得住的
添置给幸福的力和势,你在原地反复腾挪。
沉重的身躯,埋下隐恤丧乱,真实如一截尾骶骨。

迷 离

我想我们同在那盏亘久之灯下
而不感觉孤单　月光迷离微暗
今夜我们无从选择，
瑞脑消金兽的去处。蜜意柔情不堪纷扰
你率性的习惯　让笨拙偷越禁忌

在我内心的水藻开始旋舞……
我想你应该说出　一些曾经的倦怠
借现实的名义纠缠　有别于此刻
悠远童年是两朵乌云　翻滚的哨音
我颔首默认　伴作倾听的耳

我们拥坐临窗的暮光中
你身后的暗　如排排修竹
你的悦人的语音　像风拂过竹叶
当谈及一个新奇的譬喻时
你会意地欢笑　开心流露孩子般真纯

……舞台上　正演映一出汉秦悲剧
流离多舛的命运　就是我们的祈愿
没有结局。我已自感满足和欣幸
在你头顶光照的那盏亘久之灯
莅临我身处的时代和每一天

"还奢念什么呢　月光迷离微暗的亲吻
安妥游子的心灵　备感馥郁"
一生的时光从此缓慢而丰盈
容记忆和智慧细细辨别　"还迷离什么呢
我们的情愫似含有浑玉的河蚌微微开启"

最后的樱花

最后的樱花,开落在最美的季节
阳光均匀地分配,大地上四处浮升
万物温情的呓语。我成了这世上唯一庆幸的农夫
目睹最后的樱花中,最美的一朵开落……

奇迹来自春的腹地,我的樱花在众目注视下
姗姗来迟。一路追寻爱与美的踪迹
我的樱花站立枝头,构成风格迥异的问答
聚散在午后时光,那些墟落里普遍的花练习合唱

却是亘久之前的盛开,为了一次注目而凋谢
不经意彼此晤面,礼乐簇拥下的两盏孤寂
从流转的星眸开始,我猜度悉数言辞得以秘而不宣
皈依爱的课业,在赶往春天的路上培植

默然无语。——像培植足够忍耐的季节
寻逐最后的樱花在城市远行,拒绝枯萎
她的每次开落都蕴含一个晦涩的微笑
我注视的平静,呈现瓷质般细白的光

沉睡的探戈

积跬步而渐至你的身边
却突然不知该如何面对
翻检旧时的心情
独白有如满园春色的丰盈

整个世界都在欢庆
为归途,为他们寻爱时的勇决
信任充满每一个角落
从污痕毛孔滴落,数不清虚构的自负

我怎能如此幸运?
长久地置身于
你眷思的暗影中,
那些比烟火短暂而美的荣耀
又怎能令我动心,
失却对本真的安守?

是的,我的衷怀
仍有渺茫的外衣。
面对你,
作出甚于往昔的欢笑。
你已亲手,将花冠抛洒他们
我仍寄望——
使你的离殇化成静水、深秋。

宿醉之念

将你谨慎藏于记忆的盲区
随意的触碰
都有可能酿成一场灾难。
孤寂能否更多一些?
来自那透明火焰的魅惑
能否更少一些呢?
如此不至于被你的气息淹没
我成了洪水中一叶小舟
随时,都有可能倾覆的危险。
你多像光火灿烂的钉子
在餐桌旁相遇后
一点点揳入我的眼、头发、皮肉
直至成功驻守成了骨中芒刺
这还不够——
你要坚决地在这心灵底片上
将我刻画成某人的影子
在你的一笑一颦之后
有个机械生物亦步亦趋

试图扮作陌路人毫不知情——
而长夜中突然升起的烟花有如判决
将此刻的隐忍，
一次性、不容更改地拉回极昼！
你或许会为我的
全线溃败而惊愕不止……

与艾米同游归元寺

其实,艾米予我的宁静大于归元寺
这不是譬喻,当她来到我们身边
正午即刻洒满阳光、雨露和鸟鸣
只身独坐幽篁里,叩问木鱼的来世今生

艾米的笑,浅而纯,淡而真
我们说,这是治愈烦恼的良药
无所遁形的贪嗔痴原本没有形色
分别、妄想、执着,或寓含在诸般唯我名相中

这些猜想也都不是重要的
在此恰好的季节,谒访归元寺
就像攀上一座神往已久的险峰
越过一处花径蝶飞的草原

匆匆的步子停下来,我们会许
最美的誓愿,在心底聆听自然的教诲
为缘念起灭执手牵连
为造化的悲悯多于恒河沙数

在青湖等你

在无边的曳动中与你相逢,
在人潮退却的尽头眷思难忘;
看不见晴川历历汉阳树,
唯初识几树桃朵在沉吟。

青湖畔,你是一缕芳香阒寂无踪。
脚下烟波涌来,足令赏游者倾倒!
直视那属于青湖的深棕色,
在你同样浩渺的星眸中得以印证。

这里的暮春,郁金香尚未盛开。
与青湖的偶遇使我数次想起你——亲爱的艾米。
不远处风车和木屋次第驻足,
用无意渲染波尔多的天空。
手边的水上乐园关门闭户,紫牵孩子们历经欢笑。

湖面上，三三两两画舫舟楫多少显得有些孤寂，
那些难以捉摸的行云同样有副孤寂面孔；
我们似乎等待一场念及亘久的宿缘——
青湖青青，没有谁来过没有谁离开。

给艾米的醉歌

这时,你看不清我清醒的样子
因为连我自己都感到陌生,更得几分讶异
暗夜里听城市沉酣的睡梦
像海潮,像疾风,像谷雨
铁流中布满鲜美的记忆
草木追随星光舒展腰身
夜巡的队伍在冰与火的歌谣中赞诵过
自我的衷怀,呈现灰烬底色
舍弃最后一缕甘醇,或许根本不可如愿
在透明的杯盏与月晕的陷阱
盛开木樨花的白色漩涡
十二种韵律的琴键
我们尝在极地亲见过的幸福闪电
卸下征尘,挽住精粹和一切亮度

箴　言

只听得镐头的声音
那人在地下掘井自生

一只乌鸦栖落青榆
欢悦的谈论有问无答

梅子煮茶,在树荫下滚沸
乌鸦踢开石头的黑影

看见牧羊女衣衫红艳
像一阵腥膻的风吹逝

乌鸦说它的世界遇到了麻烦
需要一把镐,

在那人的身后,
坚硬的肋骨敲响

向着平原而去,
溪流越来越开阔

那人的骨头像枯木漫游
晨间的阳光洒满浪尖

王的女人

那一年,
王的女人盛开
像一朵鸢尾花。
邂逅在沙场,
王的女人动议
用她那枣红色的马儿
载我一程。
归途不远不近。
我拥着王的女人
在那坐骑上
飞快地向前冲,
就像在驱赶敌阵。
风在耳边呼吹。
王的女人以她魅惑的馨香
俘房了我,
我拥抱的臂膀更紧了。
王的女人回头
吻了我,
就像杰克和露西做的那样。
那是怎样的感觉呢?
可以说不一样的吻,
自有不一样的口感,
我就像在吃一颗
丰饶而多汁的芒果,

直至看不清了阵前方向。
迎迓着我的年轻孔武，
坚锐的利器解散一切防线
王的女人索性
撒开了辔绳，
任那枣红色的坐骑
信马由缰肆意奔袭，
暂且忘却了身后的江山。
风一直在耳边呼吹。
那同样有力的
令人窒息的吻，
不知缠绵了多久。
只记得，
王的女人不小心
弄断了我的一只墨镜腿。

第五辑 诗的哺养

走进药巷

药巷等于说是水磨沟的一行眉批,
水磨沟等于说是乌鲁木齐的一则短札。
乌鲁木齐等于说是我们的一篇唐传奇。

水之谣

他们在一片岛上睡熟了,
周围的海轻漾像催眠曲。
椰树把门闭得很紧,
以至那老人和孩子只听见鼾息。
他们怎么也没想到,
最先失聪的夜航者爬上了岸,
带着绿藻的荧荧的光,
双眼睁得很大唯见空茫,
嘴是呼喊状却发不出声,
从远远的灯塔跑向这里,
海的其中一支正在溃逃。
"帆船在哪里?
支撑的长篙在哪里?"
他们一起弯下身,
夜航者、老人和孩子
于是向水下潜入,
看海的分支喷涌,
尖啸,一滴昏暗的伤口,

意外来自水的内部,
他们终于明白了,
剩下的就是等待,
明天,他们将捧出冰的骨血,
在这里——
在一所新的漂流之城。

闲 居

我们在屋里不点灯,
并在外面把门锁上,
我们一直生活在屋里,
但在外人看来,
屋里好像是空的。

他们会想:这屋最近无人居住。
房主是搬走了？或者
去外地做一次远行,
只有窗帘安静垂挂
遮挡着屋内的陈设,
偶尔有只猫爬上窗台,
有鸟飞来叩窗,好奇地向里张望,
落足片刻后又离开。

由于屋子高大,外饰极奢华,
蟊贼忍不住于夜晚探访。
他小心撬开窗,攀越跳下去,

他径自趋向柜子、抽屉,
将入眼的财物洗劫一空,
随身的蛇皮袋快要装满了,
这时他停下来歇息,
拧开燃气灶煮一杯茶喝,
从冰箱掏出新鲜零食当茶点,
然后满意地环顾这空屋。

临走,他留下一张便条,
向主人表示谢忱。
我们就躲在帷帘后面,
静静地注视发生的这一切。
我们始终未敢打扰,
我们不想让他知道,
这些天我们一直隐居在家的事实。

用香烟替代奶油女人传

三十岁那年,
我把一头棕黑长发剪成齐耳短发,
把棕黑漂染成枯黄色,
把耳钉改成耳环,化淡妆,
以便我原本略显苍白的肤色呈现出来。
染上轻度烟瘾。
在身体没了一朵水墨桃花,
带纤纤叶子的那种,
用一句文艺点的话说,
终归初识了疼痛的滋味。

三十岁那年,
我学会女人的克制和撒娇,
因而身体更加如少女般轻盈。
在三十岁生日的当天,
我甩掉追随左右的男友,
一位富贵公子,
他像新鲜的芒果,

情调是少女所喜爱的
甘醇的奶油味儿,
我就那样不假思索地
把他甩了,我不知道
自己是怎么了。

三十岁那年,
在一场古典音乐会上,
我重逢了高中学长,
他绰号老黑,
时而沉默,时而颓废,
细看还有点西门式的猥琐。
在回来的路上,
我半带玩笑地,跳进他的怀里,
摘除我的高跟鞋,
从那半山湾的街区扔下去,
以一副庆祝胜利的样子展臂欢笑。
我就那样偎在老黑的怀里,
耳鬓厮磨,醉语温婉。
他也就那样一直,一直抱着我,
说一些忽近忽远的话。
后来我们一起回到购物中心,
老黑为我重买了高跟鞋,
我这才从他怀里跳下来,
穿鞋走过华灯初上的都市。

为药巷一位环卫工人而作

撮箕和扫帚就搁置她身旁,
口罩摘掉一半因为要和她的孩子说话,
那未摘去的另一半还挂在耳郭,
收音机或手机是最好的陪伴
因为时常别揣腰间。就着药巷路沿石休憩
片刻,可爱的巴郎子依偎在她怀里
又坐在她拱起的腿侧,那样娓娓细谈
校园里的趣事。她的眼神充满爱和恬静。
一页折碎的馕可作孩子和她的零食,
在斜叉的药巷,在广阔的新民路,
在河源消失的水磨沟和红山之畔,
他们的欣喜仿若无人感召切近至深,
她等着散学归来的孩子,她的巴郎
循着她的足迹赶来,或许这一切常常自然发生,
或许真实的福乐就是她与土地的距离,
她与孩子分享工作之余的闲暇,
——高贵从来都是面目朴素。
我们倏然间发出的感慨确不应该,

免不了有一副猜度的矫伪。
在母子绕膝逗弄了一阵之后,
在分享了那页碎馕的零食之后,
在问答应承完有关校园的趣闻之后,
她拾掇好搁在身边的撮箕扫帚,
他们一起从药巷路口离开了,
那里还存留着一小片煦暖的光晕。

诗的哺养

使你身处生存腹地,又时刻走出来
凝思它的斑驳光影——
长久地累积,药巷等着让她释怀的
那一天莅临。哪怕所有的屋内都关灯。
哪怕是坐在木鱼上不知今夕何年。
按开城中鸣笛,悠缓,充满希望,
对一次次的承诺给予回应——
你知道还有很长的路在前方,
在路上你会略去可爱的人事。
仅仅等到下一刻,你清醒了,
手艺纯熟,随即作出恰当的评论。
这是你擅长的。反顾后的别出心裁。
你深谙灵感就在那地址,
你估计她在楼宇间逡巡——
鸽哨、云岚、雪霁之晴,
都组成诗的元素。晌午重门的虚掩和空寂。
你就在那第三只眼的视线当中。
她说,绝不会有新的美诞生了。
忘却少年们的惊喜,归依至幽暗的众星行列。

习见之年

再晚些时候,蚊群就会造访工地
暮空于是飘满无形无根的尘絮
在矿井两公里开外,我们营建生活区
在迁徙中协力,这是唯一的选择或出路
我们充满期待,我们走近小城
迎接一个崭新的开学季到来
万家灯火中,我们只要朝着高耸的水塔
那目的地就不会出错。红蓝相间的旗帜
给我们温暖的暂栖的家,连身下的自行车也发出
欢快的吱嘎声。我们终于摆脱浓重夜幕而到达
父亲用完成一次历险的神情告诉我们
没错,灯笼和塑料花已结挂满吉庆之树
从那窗口有一只披甲荷戟的精灵纵身腾跃,
它会在今天的草地上延续这奇迹吗?

只有香如故

我们知道水磨沟的石滩如何分布
又是怎样堆垒,我们也知道药巷里
曾经发生了什么。所以当每次行进时,
我们虽然从未看到具体实在的城郭
但分明被某种隐现的气度所捕获。
那里,我们看见一位仕女雍容礼拜
曼妙倾伏,用素手给一树腊梅整饬妆容
事实上,这也预示今天将满载和扶植好的心魄
因为在历史层面,我们确已取得胜利

晒太阳

我以为他要把所剩不多的阳光
收拾、晾晒到旧阳光一块儿去
我以为他会站在原地不挪动
所以请给他一把翻拣的工具
最好给他一件加厚的大氅
那原来不属于他的职守
但他选择了主动上前表现
他用了一个挖铲的动作
新旧两重阳光被推送到
一个有点沉陷的角落
折叠、覆盖、糅合、扬弃
这时他找来一个将满的回收桶
仿佛声明这是最后一块净地
在紧张的盘诘和警惕当中
在我以为的清和扫之间斟酌后
他亮出一个挖铲的动作
示意他真正要做一位偷换阳光的人
最终他自由了,他做得很好
比我们一度设想的去处还好

退潮前夕

趁着月夜,几只鸟儿纷纷埋首于
水面下的平静,一只引着另一只,
那里被啄出星星般的孔洞。
黑森的雾霭像飘带环绕。
微澜不惊,粼光与先前没什么两样。
但是渔人的困惑一点点散去,
在整天的劳作中,潮汐
冲涌动荡,甚至超出他们的料想。
一个熟悉的声音徘徊在夜的沙滩。
渔人轻手轻脚地探听,推开
满天星斗下的门扉,一串串足印
留在他身后。即刻他显得有点迟疑,
他说,要不了多久,眼前的海
伴随我们一起,回到初始的愈合。
他想了想,用一簇橄榄枝的柔韧
沿他的脚印藏起行踪,他确实曾到过这里。

被删去的

弗洛伊德说得真不错,
一位严厉的审查官监视了你的梦。
你早被选定,在潜意识里
现身这世界。戴着鬃毛飞舞的羽帽,
用双手从岩层捧出雪,和类似豆科植物的榛果。
谁为你存照留念,在吉普车上涂画
眉目间流转的胭脂之灰。
整个季节都属于你,
林立的帆樯吹开层层喇叭花的纤薄,
天蓝色时而化成绯红,暗红,猩红。
很快,人们将用异样的神情窥测你,
有时竟像极了伤悼。因为他们总归知悉,
你雪藏的寓所通往一条远山中间的小路;
因为那时他们的目光变得涸浊、贪婪。
然而苍白的血掩映你墨镜后的笑靥,
风之语,述说不尽挚爱的旅程。
及肩的栗色鬈发,迎合来自唇线的枯萎,倦慵。
——在这里,忘掉一句赞美猝然成形。

甚至有点夸张,源于你精妙的修饰,
那轮廓将占去你快乐的三分之二。
你和朋友们,扶着雪橇驱驰,逗引,
飞一般的肢体,都定格在转瞬遁离的午后。
现在,沿着那条荆棘小路,
不舍的相顾,深知你仍在原地。
镜像中,诸多人事超出你的预想——
他们先后造访这里,遍布的雪泥鸿爪。
而没过多久,你在百灵鸟的歌鸣里重现,
又曾蹁跹以庄周的蝶影,时而模糊时而清晰。
在雪霁时分你赢得了装点盛会的友情。
入怀的早春羽衣,衬托不再真纯的浓眉细眼。
车中了无生气的白日梦,自带橡皮的弹性之白,
在投以偶然的凝睇后,你们应放下了彼此的执迷。

红灯笼

桌上，一圈圈水渍般的光晕，
我们刻画出它的毛边，
也可能曾短暂移开过，
牵系另一盏依稀可辨的底座。
整个节日辉映水汪汪的镜面，
我们丰盈的躯体投入无边的欢乐。
只剩下那出神的空缺，
甚至我们的视线也变得冲淡。
在张挂它的同时，来自传统的
隐秘感受被唤醒，一种融入血液的手艺。
抚触与观赏，从修长的枝穗剥脱，
点缀着大理石制作的台阶。
也点缀现实，对浮世空白的认知。
敲响的挂钟有一颗枇杷心。
我们一边说着话一边将它
熨帖成类似温湿度计的闪亮镀铬。
与它毗邻交接的月轮，
在我们头顶无畏攀升。

渊　源

另一个空妆奁。我们记得抽屉里
四尺见方的小骰子等着被消化。
几乎是按我们的尺寸来的,
浑身传遍,多么清醒的认知,
"如果可以避免,我会迈出
穿过每一幕平常夜晚的轻松步伐。"
"但你做不到！因为乱石沙滩丈量出了
你的印迹,按身形蹲下来的闲坐……"
所以你在清醒当中抚摸药巷的每一寸
灰尘,冰凌,永不下班的小哥儿。
我们由衷地盘点证词,在我们心得之外的传说,
但他的注意力始终淹留前行,一片雾蒙蒙的满树烛花。

因为爱的告白

半是清楚半是隐逸,照临那小小的轩窗。
十字形的街道,规范在
更广阔的天蓝色背景当中。
由于我们亲手所触,目睹发生的一切,
我们便不会心存惶惑。
手,只是去选择了一个合适的方位。
从这移向那,从过厚的史书
重又找回大数据时代。
在弦月的牙缝里,初日透射余晖。
松涛阵阵,梦里梦外的蝶儿溯流北上。
旷野,金色的草场,浮在晨雾中的花菀。
搭载你的列车如一则喜讯忽然造访我们。
说好了不去惦念,不再应承,
但关切的目光纷纷涌入车站。

社 戏

那些你熟悉的人
这会儿都似在云端奔走
透明的土地
是节日赐予你们的
或许比这还要多
希望聚会更持久些
亲切的脸转过灯笼去
你们将牵系记忆之根
或从体内开启的眼
唤作祖先的牌位
最近登台的角色
自那厢朝你挥手
还没来得及应承
你就被亲人接走了
叩问如拳,痛击在胸
他们似乎不愿你
多说一句扮腔弄调的话

凝视之后

你愿加入受过良好教育的中产者行列,
一扇空白的窗格跃入你们的谈话,
偶然的鸟鸣让整个春天变得潮润。
没有什么假如,来自心灵的远景
就那样等着被唤醒,像极了折柳送别。
你是野孩子,跟太阳下的植物们一块
疯长,从来没忘掉初次来到花园那会儿,
一身迷彩服是最得体的装扮了。
你感觉花园里的鸢尾竹格外耀眼,
连同园丁的语气、神情,花园外
整日价热闹的集市。伴随着迟疑跳出
一种介于防守和提示的问讯机制。
你回答的场景拖有长长的尾音,
一阵多余的退潮洇湿不大情愿的眼睑。
像人们对熟悉的气味产生依赖。
就算寒风过后树叶会发出咳嗽,
你们还是免不了重逢,随意中透露着冷漠。

选择与承受

整个旅程掩在你的米色风衣中，
我们不愿确信但还抱有一丝希望。
希望那梦是真的，只因会有更好的
摇荡着脚踝叮当碰响的溪水……
你也看到了，在旅行快要结束那刻，
一些粗砂状的草蓏让舌根着火，
小心触探着来自周围的陌生感，
在写字楼和文体活动室，
在充满公务色彩的座谈中，
从未有过的谦让、被迫中断和变脸术，
不久前刚发生的人事更替，
我们隐约察觉到了，像极了我们的茫然。
从圆桌课堂放眼望去，每一张面孔
都有可能成为你的同伙，更巧合的是
与之毗邻而坐，等待最后的指证。
当我们发现大家的兴趣点开始传染，
一下午就这么过去了，
故事中的你，此刻愿意改造全部真实，

让它变得更腻味一些，
接近大理石装点着的秩序。
如果法庭不来找我们，
就请暂时收藏起——你的公民身份，
没人光顾和喊醒你，我们让梦的小舟飘向
溯流而上的河源或芦蒿深处。

极简的——

那高高的露台这会属于她一人，
还有不夜城的霓虹，身边的汉白玉群雕，
她愿把大部分记忆都略去不提，
就像她完全未曾经历过似的。
我们也只记住她，精致而尖挺的鼻梁，
在星星点点微甜的清风雨丝中，
在枝状灯彻夜流转的烘托下，
身居现实的色彩，我们仰观历史，
一只纯白小蜗牛爬行至树干中央。
想不起是哪一刻的翘首盼归，
春风十里处，飘摇一段娉袅的身影。

守夜人

像一大把陨落的星星,
有的饱满,个别枯瘦。

也曾消受过阳光和雨露,
从它们褐灰的外衣就可看出。

从内陆移向冰封的河渊,
用朴素的线条描画筋脉。

夜幕中无数陌生的手臂,
告诉你这触感已不能确信。

当你忍不住朝它发问,
只听得山间空荡荡的回声。

答案就在意想的结果中,
为此你们瞩目:
舍弃了最后一颗星的追随。

再见福克纳

他们清醒地疯了,
新奥尔巴尼城的贵族们。
百年来的地标倾塌,
透过一双比坚冰更冷的眼。
从虚构的家族中退化成
鼹鼠的皮囊纷纷出逃。
人们不再信任原本所信的。
"他是怎样的艺术家。"
在晨光、铁砧和栅门后,
"他第一个醒来,又是最后睡去。"
如果艾米丽小姐也有个人浪漫时代,
那颗巨大的头颅,
就先入为主进入视野;
凭着伴侣和孩子们的照看,
自由的骑士比每个人都强健。
"想想那真是一件悲伤往事。"
遍布在不同寻常的褶皱、分水岭,
只有啮齿兽类才会刻下的标记。

"那是怎样一颗正直的良心,
在无休止的追踪后予以坦白。
众人仰观行走的地标,
从确信到怀疑相应包含着
同等完整的三段论。"
看上去的确如此。他胜利了。

看到乐队老师说他已剪去长发,女友娜娜也刚做了妈妈

琴房,录音棚,陈列柜,红木茶几,
他消受了一个打盹的下午。
不用去过多理会,夹带黄泥尘屑的落雪天。
一股寒潮从遥远的北方南下。
在这小城纷飘淹留,我们将提前迎来暮晚时分。
——提前进入小睡,
他仰卧于扶手藤椅,在门庭等候访客。
走进那琴房,我们听见:
外面又下雪了吗?
是的,风雪正起,
天色忽然变得阴暗。
沙尘盖过了小雪,到处是污泥,
瞧这衣服、头发……
又或者从广场边的钟表铺折回,
我们决计流连在他艺术点染的名下,
受难的手指,一种慢节奏的忧郁久萦不去。
他对我们的选择和信任连声说谢谢。
只因距离我们最近,可否借他的琴房一用?

我们像旁观者,逗留在他和孩子们的
多声部练习之后。我们为自己的工作忙碌着,
偶尔回首沉迷到那理想主义的变奏当中。
如此澄静、隐忍,崭新的一页,
也许改造属于他的风格这会儿才真正开始。

雪霁一刻

当他向保险公司大楼走去,
一上午的忙碌像薄雪已褪尽。
用他惯有的笑喂养可爱身影,
随着他的目光而转动。
瞬时被记起,他们从市场带回家中,
他知道有一天他将用
啧啧称赞声报以呼唤。
那会儿的步子需再轻快些,
因为正当从街角闪现疾驰过,
一个无人看管的天使。

白色拉环

半掩在葵花地和煤灰中间,
宛若一本书的别册。
我们用适合手指的宽度
开启它,从秋天的旷野
啜饮甘泉。甜腻后的苦辣。
我们顺着滴灌带的经脉摸一摸,
想看看是否,季节已让这田地
变得又烫又软。在泵房里没有。
在露珠垂挂于石矶的下颌处没有。
我们摸一摸,尘网缠绕手臂。
在打开阀钮的那会儿,我们意识到
漂流的荆冠,怎样把一切幸福存储在日历中。
在这墟落半掩的无形拉环外部,是夕阳
巨大而透明的金色轮盘。

谁来管束我们？

我们来了,寻找适合孩子们诵读的
典故。一些简短的词,来回闪现在侧。
像遗落的种子,忍不住让土地的浪涛,
拂拭并递送到我们手指。
它就是那仅存的一缕。
我们想着看不见更多的机会了。
当那天行将结束,鸦群从雪地飞起,
撒开在夕暮中的,数以日计的纷纷素笺。
我们说:好的,定会按时赴约。
浸透了釉质的曲子含弄在我们嘴里,
一不小心像针杵跳跃在石头路面。
让它迅速回到应有的高度,
以免头脑中的火光湮灭。
更多时候,我们跟在
袖手趑行的人群后面。
多么悠闲而整洁,聚会与旅程,
可资豢养他们的艺术。
但沉默的赏者绝非大多数,

甚至比以往更显稀少。
我们用缺损的手掌，
遮住眼前因惶然而大张的嘴，
渐至数辨不清。

赶　路

他决定了,去追赶一个正在下班的人。
他说了,这会儿时候不早也不晚。
那个总是走在他前面的人,只能看见背影。
那里,还有一座水墨都城,总是沿着巢形布局开来。
上面托举几朵云,用凌乱的线条勾勒,
它的檐角矗立成坚实的中心,
它的街衢是绕在手臂甩不去的丝带,
再往远凝望那景深,何止千百里——
像两座隔城探问的险峰,只在云雾中展露少许。
他还在追赶,一刻也未曾停步,
当接近那处叫作药材库巷的小区,
他抛开身边其他的人,径向前去,
暮霭中的门栅也发现了,为他亲手递上
奶白色的呵气,在过膝处有着波浪点缀的韧劲儿。

胆小的

从那不怕冷的写字楼出来后,
他习惯性地拢了拢上衣的毛领。
楼前的空地宽敞得足够举办一场运动会。
方台形中央,不锈钢护栏,高高的旗杆
闪着亮光。跟高楼和旗台间的距离相等,
是他和出走又折回的人之间的相随。
他几乎确信那里可以畅通无虞,
所以他朝暮色的漩涡吹送飞雪,
它们晶莹地堆积,每一缕气泡中藏起
他的影子。可以想象那是多么任性。
在敦实的门与墙中间,冰河融解。
他选定沿子午路跨出正门,
纵有无形的至少唯一的手阻止。
事后他才说出那艰险,恰如藤蔓攀爬自
林苑一角,从行廊后吐露挽不住的
触须或提手。

抱着你的肩,像一次回家

她想起她床上的初恋,颤抖的身体。
他们同在木屋下避雨,墙背后是鸽子的叫声。
"要不要每次都这样?"
她觉得,她甚至可用一阵小小的责怨
将希望、不信任轻松应付过去。
她说:"亲爱的!"其实是在说自己充满爱。
每一次,生病的影子翻越那敦厚的墙。
直到后来挂了一把醒目的锁。
她把水果聚拢在桌布上,抚摩喜人的光,
温暖的绸衫从箱柜中穿出来换气。
抱着你的空茫的肩,像一次回家。
如果她说——果真这是
长达半个世纪久远——无解的误会。

过　河

她估摸着赶天黑前投宿到姐姐家,
闪电是云层后面的一把把梳子,
朝堤坝上抛出。积雨成洪汛,
让塬上的洞河苏醒过来。
她从未想过第二天会在泥潭中
度过那最后的安眠。
赶天黑前投宿到姐姐家里去,
侄孙们说她是来自庙湾的怪物。
她选择了就近的一条捷路,
铺满打火石、柠条和半崖的骆驼蓬。
隐僻的巢穴总会传出鸽子的咕噜声,
猫鼬迅疾躲进了深谷中的蒿丛,
乌鸦的啼鸣专情而不同往常。
在洪汛发作之前,似乎同样传唤
她不灭的心声:回家,回家……
再绾一绾那绑腿,搀扶失孤的背篓。
透过雨幕,不远处的灯火隐约可辨。
而她在内心先飞旋起来,也有拱桥,

忍不住的趾骨一寸寸生长，变白，
她感觉快要撞向那盏灯——
一瞬间她想到未来很久很久的祈愿，
然后冷静地停驻，挥手告别隔岸的那些花儿。

已知的虚构

天井之下,药巷里间,
一位老妇统治一群鲜嫩的少女。
我们知道老妇的名字叫岚,
我们寻找岚,我们寻找如何将飘逸
安置在那般沉重的肉身上。
她面对少女们时头脑在想什么。
她坐在大饭桌后拨弄手机。
或许她从未少女过,至少未真正做过女人。
她叫岚,我们在寻找岚。
寻找她蓬乱如柴的华发,
那里被她扎成马尾的形状,
傲慢不屈地指向天空。
寻找她丰盈的黄褐斑,以及垂下的眼袋,
几缕明显的皱纹让她以愤怒示人。
她叫岚,却比老汉们更垢腻。
我们的热情即将作废过期。
我们在一部电话里与她相遇。
等着统一的指令,

然后她也说不出什么缘故,
或者刻意瞒住,用那威严的口吻。
她叫岚,我们仍在寻找岚。
奉上我们的黑名单,一字一格地
艰难试读,从中间劈开,
找出字缝里无碍的漏洞。
像她那样扬扬手,
抖落我们的心血在半空哗啦作响。
我们一直在寻找岚,一直避开她。
今天,她带着她的少女们来了,
为了赶赴一场青春的盛宴,
我们将在一块石头中间遇到岚。

语　境

下午,老伴儿一个人出去剪头发了。
我读了几页《易经》,就牵着小精灵出门
去药巷小操场散步。它仅长了一只耳朵,
红脸、短发、白唇,类似于飞鼠那样精怪。
一种用鸩羽提纯的方剂,在它体内秘密聚会,
迁移,挥发,因为这,它的另一只耳
或许是被形体的幻化给磨损掉了。
但它始终保持标志性的大笑,
它的脸,也被阳光涂满凌乱无序的
污点或线条。它头部以下的身躯
接近隐退。一会儿陪在我的手边,
一会儿张挂在药巷门楼。
我会小心谨慎地咳嗽、反顾或持续工作。
让它十多年来守卫、改善着我们
对部分传统语境的日常读法。

用奶油替代香烟男人传

跟随他走进这间烘焙房,然后是弓紧的身子。
他夺下你夹在指间的烟,绕坐在你的腿侧。
正当对镜打理缤纷假发,这氛围似仓促一吻。
"每天都有精彩的演出,"女人们说,
"我们为他的颦笑心动……其婀娜令人痴狂。"
穿过朱漆门和小廊灯,你走进了前世宿缘。
他决不展露相对舒缓的笑容,即便偕行
也常常止于浅唱低吟的逗弄。
疏影暗香,瑞脑金兽,索性洒满橱窗。
当另一天,他为了找到一种恰当的平衡
张开双臂小心踏过你的心跳边缘,
将迎接人们怎样异样的目光。
还是那充满爱的烘焙房,无限缩小的馨甜。
他起身暂且离开,说最好的景观当在春风洗涤之后。

发 现

从一场筵席开始,每个人都抢先说出
他们不带偏见的祝词,从喉咙迸发的温热感。
夜晚正是用它无情的速度笼罩了场院。
刚从过量镇静剂中半梦半醒过来的女子
骑着电瓶车穿行在一个又一个村庄,
因为她要找见赖以为伴的卷毛狗——急切而奔忙。
因为时逢暮春四月十五,
月亮像练习辟谷般躲到了云外。
因为在南疆大地的草图上,
未完成的写意里墨迹早先变干变淡。
乌鹊绕飞,桑榆青葱,带着他们返回柔巴依的腹心。
在看不见的异处他们手舞足蹈,创造小小的丰收季。
说好了不去唤醒,为何战栗的心再次无所凭眺——

开 山

如果将那云中的脚步
转化成鼓点摄入我们体内
只需一小会儿,谪仙人便朝我们招手

当是在我们头顶
你说的峭拔要比心跳多一分
比低顺的眼眉更显幽静

也可能是我们赶到了那人前头
因为我们不得轻易回顾
一些芒草紧贴在石壁间
这里捧献苍鹰熟悉的乐园

这路是我们抓在手中的葛藤
宛如延宕开来的水墨写意
于谷壑纵横处可寻见起源
它赭褐色的颜貌,至今教你惊叹不住

我们一行正好五人,分别代表这路的
五个方位。是宿命,将我们遗落在无人的天堑
当敲开火镰,那些荒草便像游蛇迅疾撤退
当抡起巨镐,我们的蛮力引发无数雪崩洪流

端详和抚摸这些手臂
小心被火蛇灼伤,汗珠、石屑与青筋
凝结在一起,我们组成移动的浮雕群像
连野兽见了,也因惧怕而侧身远遁

——但我从未像现在这般感觉困倦
所有的石屑汇聚到一起,令人窒闷的巉岩
走向它,面对它,一道无法逾越的屏障
坐在原地想着如何逃离
——这五口之家的中间一人想着

哦,决不,因为没有给你更多的选择和退路
再一次起立,迎着巨人般的苍穹醒来
我们为自己对曙光的渴念而感叹
终于回归零星的堡垒,这堡垒由不衰竭的身躯筑成

我们乐而忘忧,只因在这里成了天然的
开拓者。我们从黔首素面的群体中获得哺养
我们自发组成的人形车在云端颤悠悠踱步
牵引,掘进,斫击,顽石迸溅的轰鸣声如飞瀑

谁会看到我们？谁曾想及我们？
从那宽边的草叶根茎上揩拭血汗
从昏暝的巢穴调弄出成群扰攘的蝙蝠
这五口之家终究运载到了落脚地，
回首数不尽的山川沟壑

——不过像昨天刚刚经历的一场意外和纷争
日子仍是照旧，我们在指间察看收成
我们或许会为这凿通之途再多走一趟
沁透的风雨涤荡着城堞、蜀民和王事

多少个世纪过去后——你曾伫立那古道
凝视翻涌的依然新鲜的土石旧迹
那惊叹使你说不出话来，只在内心
以无边大潮的形势呼应着，久久传荡

那等于是对山崖的重新琢刻和布局
宽阔处足以并行通过一对马车逶迤的阵仗
攀折和旋绕，直通峰顶，驰下平陆
你想象不到怪石乱峪，竟做了那人手中的泥偶

没错，就是那五口之家中至为勇武的一个
我们甚至遗憾地忘了他的名字
精赤的臂膀和背脊，不屈的脸庞
常用憨笑之态迷惑敌人，
环眼毋须怒张，短削的髯髭

他平常得像你亲近的父兄
他劳作那会儿凭借轻巧取胜
负重的石镐全然被驯服,既有鹰虎般的锋锐
更如牧鞭的柔韧,尽情挥洒着顽石的去与留

"在这纯净的石峡底,一道飞虹落足
恰似一缕枯败的茎叶带来混浊和担忧"
山腰间的他感觉自己摸索到了杯形出口
所以他站在那想看得更清楚一些,什么都没有——

除了他的影子、镐钎、车斗、长铲
另外四名亲爱的同伴终日奋力,仿佛齐声说
凿进,凿进,相聚的时岁近在咫尺
"他们和我从那混沌里走出,到此忽然变得敞亮"

正是那样回到他们手头的工作,专注力
在寒暑往来的交替中,不断改变自我的形态
即便盛满于时间之杯,因纯净看得真切
也不会一下子喷薄而出,微弱至无语

手臂每扬起一次,在整座七曲山的巍峨间
将镌刻一串急促的句号,像光源突然投射地上
无尽的峭壁、芒棘、蒿丛,掩映不住那弓背
依稀出海归来的数点帆影,在等候靠岸

自松柏的叠嶂间始发,渐次攀越
他们原本也住在城郊的疏朗乡野

跟随手边的地貌,尽可大幅地削平高耸的崖畔
这些沧桑之变令往来的蜀民不禁长久感叹

他们一行五人也要感叹了,系在云端的
天堑之道望北而远游,变迁的不止七曲山的天梯石栈
在故国和他乡,未来将树立谨识纪念的碑塔
潼水也无意间改变航向,
只为要亲历那还未发生的潮汛

在一切事实面前

我的夜莺是伸展的漩涡或橡皮玩偶,
用一个塑形快捷键,就可将它从水底唤起。
那一日傍晚,我的小夜莺自长假归来,
说它仿佛看到了从前的自己,
说它此刻正是以本我对前我给出建议,
我并不知它的确切意思——
就在那鹅蛋脸,堆满了会议般严肃的欢笑。
我们的房屋被叠成折纸盒的形状,
我们的叹息像一道深深的沟壑,
交替而至的雨雪汇聚到那里,
在等着,等着时间的余烬缓慢倾覆,
——要么掸落一瓣红红的野玫瑰,
它透薄的羽翼迅疾围拢,掩退,
像柔软的触须探知到了可怖的存在。
一成不变,我的小夜莺即刻飞离畅阔的林子,
它环顾四下无物、无人,待价而沽的援手,
创造着利润或微观主题,每一声歌鸣被当成美的典范。

流放地

把桅杆收起来,让它靠着船舱的侧漆面,
没人再去拾掇那奶白色的空间。
舢板上是五朵十字星无茎小花,
枝状灯给了帷帘垂落的模样。
我们曾在得意尽欢那刻,
摇开一扇扇重叠的帆页,
而现在那些文明符号都尽收于
类似蝉翼的褶纹眼底。我们从未想过
有一天还会提及它,我们只看到
它展露的脊骨或顶端。
远航日志很久未被阅读了,
羊皮纸承载的历险令我们惊讶。
仍偏爱空气中传递的孢子味凛冽。
低低地,鸥鸟在水面上飞旋,
源自古老的传说,是塞壬新放出的宠物。
几乎使我们的脚下无处安顿,
从密封的内舱取出更小的模型,
重启那无用性,或抱或踩自由的桨叶,
我们迂返多次,原来一直将它带在身边。